绿风文丛

林贤治　主编

我爱本草

半夏＿＿著

南方出版传媒
花城出版社
中国·广州

图书在版编目（ＣＩＰ）数据

我爱本草 / 半夏著. -- 广州：花城出版社，
2020. 3（2021.4重印）
　（绿风文丛 / 林贤治主编）
　ISBN 978-7-5360-8901-3

　Ⅰ．①我… Ⅱ．①半… Ⅲ．①随笔－作品集－中国－
当代 Ⅳ．①I267.1

中国版本图书馆CIP数据核字(2019)第142622号

出 版 人：肖延兵
策划编辑：张　懿
责任编辑：林　菁　邹蔚昀
技术编辑：凌春梅
装帧设计：林露茜
内文插画：曲　展

书　　名	我爱本草
	WO AI BENCAO
出版发行	花城出版社
	（广州市环市东路水荫路 11 号）
经　　销	全国新华书店
印　　刷	北京一鑫印务有限责任公司
	（北京市顺义区北务镇政府西 200 米）
开　　本	880 毫米×1230 毫米　32 开
印　　张	7.75　12 插页
字　　数	175,000 字
版　　次	2020 年 3 月第 1 版　2021 年 4 月第 2 次印刷
定　　价	42.00 元

如发现印装质量问题，请直接与印刷厂联系调换。
购书热线：020 - 37604658　37602954
花城出版社网站：http://www.fcph.com.cn

总　序

林贤治

　　一天，到张懿的办公室小坐，见醒目地添了几盆花草，摆放很讲究。座椅后壁，挂了两幅手绘的水彩画，画的仍是花草。深秋的午后，一室之中，遂有了氤氲的春意。因谈花草，转而谈及关于花草的书。她说，坊间的这类书很零散，何不系统地做一套丛书？我表示赞成，她便顺势让我着手做组织的工作。

　　有关花草树木的书，我多有购置。除了科普，随笔类也留意挑选一些识见文笔俱佳者，其中，沈胜衣给我的印象最深。他是东莞人，想不到还是一位地方的农业官员，通过电话联络，隔了几天，他径自开车到出版社来了。人很热情，没有可恶的官场习气，倒有几分儒雅。在赠我的书中，有一套他任职之余编辑的丛刊，名《耕读》，印制精美，可见心魂所系。

　　沈胜衣当日答允为丛书撰稿，归去之后，一并推荐了几位作者。我再邀来朋友桑农和半夏，在花草无言的感召下，很快凑足了这样一套丛书。

　　桑农编选的两种：《不屈的黑麦穗》和《葵和向日葵》，是丛书中的选本；一国外，一国内，都是名家。桑农长期写作书话，是编书的好手。他选的两种书，从植物入，从文学出，是真正的美文。《草莓》的入选尤使我感到欣喜，如遇故人，几十年前读到，至今手上依然留有整篇文字的芳馥，那"十八岁的馨香"。

　　沈胜衣喜读书，也喜抄录，加之注意语言的韵味，所以，笔下的《草木光阴》显得丰茂而雅致。作者置身在草木中，却无时不敏感于生命的流转，时有顾惜之意。忆往，伤逝，作品内含了悲剧中的某种美学意味，所以特别耐看。半夏是杂文家，《我爱本草》取材皆为中药，配以杂文，实在很相宜。鲁迅之所谓杂文，原也同小说一样，目的在于"疗救"，种类颇杂，并非全是匕首投枪式。信笔由之，何妨谈笑，不是"肉麻当有趣"便好。半夏此书，写法上，却近似周作人的一些名物小品，平和，闲适，而别有风趣。许宏泉的《草木皆宾》，取画家的视角，多有画事的掌故琐闻。至于王元涛的《野菜清香》，特色自是写"野"。一般文士喜掉书袋，后者亦不乏此中杂组，但未忘现实人生，夹带了不少历史、社会人文的元素，多出一种经验主义的东西。

　　钱红丽的《植物记》，将日常所见的花草，匀以生活的泥土，勃勃然遂有了一份鲜活、亲和的气息。戴蓉的《草木本心》，比较起来，偏于娴静，有更多的书卷气。这是两种不同的诗意，或许是沈胜衣序中说的"植物型人格"所致吧？论人性，大约男性近于动物，女性近于植物，难怪她们写起花草来，都能深入其"本心"。这两部小品，不妨当作女性作者的自我抒情诗来读。

编辑中，时时想起故乡的花草。它们散漫于山间田野，兀自开落，农人实在少有余暇观赏，倒是有一些药草，正如荒年供人果腹的野菜一样，不时遭到采掘。以微贱之躯，为救治世间穷人，或剁碎为泥，或投身瓦器，我以为精神是高贵的。但是，从野草们的立场看，未必见得如此。人类与草木之间，始终找不到一种共同的语言，想起来，不觉多少有点寂寞。

2018年11月10日

序

　　疾病就像访客，随时来来去去。这话不是我的发明，而是一句台词。正因了这随时来来去去，才有了人类自我救赎拯其危困的医学。习惯上，我们将医学划分为现代医学和传统医学，起码在本土，这该是并行的两造。当然，被称为西医的现代医学传入本土后，以其明快犀利的疗效迅即成为医学的主流，而被称为中医的传统医学，本即现出颓势，更遭到鲁迅先生等新文化诸人物主流话语的诟病，于是日渐式微。

　　实在说，正如生物的多样性才能成就丰富和谐的世界一样，在西医舶来之后，原本不必置传统医学几近于死地，两造等势共存，互为补充，远比一家独大，更富医学发育的生机。

　　有意味的是，西医传入本土后，如今也几乎蜕变为头疼医头，头再疼便切头的地步，其实已经不是真正意义上的西医，甚至连是否医也令人怀疑，这正是当年鲁迅先生等抨击中医的弊病所在。而号称传统医学的中医，式微之下，也大略以祖传秘方的噱头，在西医束手之后，营造偏方治大病的神话。这当然去传统医学的本质甚远，乃至有背道而驰之嫌，但相较切头，即便是不免乃至正是偏执的所谓秘方，亦不妨在大病临头，死马活马的博弈之间，自成另一路径，于是反而有逆料之外的腾挪空间。

其实，我写中药，于这些宏旨并没有什么干系，不过是兴趣罢了。因而前述云云，倒不妨是题外话，权当暖身。追究起来，我对中药的兴趣，基本主要来自《本草纲目》，这是一部太引人太有趣的书。自然呢，这也是此部拙作书名的来历。因此，对于《本草纲目》的著者李时珍，心中的景仰，自不待言。偏巧他又姓李，正是本家长辈。我生长北方，按习俗，对于男性长辈，民间惯称大爷，于是称其为本家大爷或径直称为大爷，几乎是顺理成章的事。诚然，若认真论起族谱，我未必能和这位长辈搭上亲戚，但鉴于景仰，也就从套磁的立意含混其词了。

也确曾有媒体中人对此习惯性称谓抱持疑义，以为不免油滑。油滑被鲁迅先生认为是创作的大敌，早期写作《故事新编》时便因此而对自己不满。对于写作，我一向秉持平淡，也因此时而有不好读乃至读不懂之反馈。其实作为一个写作者，我从来在意阅读者的感受，所以有趣更是追索的标的，而平淡实在就是写作的一种心态。也惟其追索有趣，行文间才有经意或者不经意的调侃。这在鲁迅，或许可以归之为淘气心理，但鉴于他的难以望其项背，我这里只能是有趣而已。实在说，对油滑的评骘，我久已习惯，不妨就当作风趣乃至圆润的另类修辞来理解了。我一向缺乏自恋的能力，于此就破天荒任性一次罢。

学姐季红真，标准的才女，文采斐然，即便写万字长文，读之亦不觉而竟章，不愧翘楚，用一位同窗的话说，她是著名同学。因有乡谊，我又称她乡姐。曾和她谈起，学问以及写作之于生活的意义，沉浸其中，自会忘却烦恼。生活每时每刻都在产生着挥之不去的孤独郁闷烦恼痛苦不快，于我而言，写作便是我对抗这些负面情绪的一个方式，也是生活乃至生存的一个方式，也许不是唯一，但却是最重要的之一。投入其中，起码可以暂时忘却那些活在当下的诸般副产品。

又读到汪曾祺先生的话：随遇而安的生活，有情而发的写作，挺好。随遇而安是生活的智慧，有情而发则是写作的境界。不敢攀比于汪先生，但见贤思齐，愚钝如我，亦不妨有自嘲复自策的句式：孤独是写作的伴侣，反之亦然；凄惶是日常的标配，习惯就好。

诚然，写出来的东西，除了自我排遣，更重要的是给人看，兴趣所致写出来的东西，换位思考一下，也当令人读起来有兴趣才好，也即前文所谓有趣。

河西问：好玩是你写作的标准吗？彭浩翔回答：没错，因为我觉得写文章要让读者觉得好玩，这很重要。如果你讲得不好玩，就没人愿意听下去，因为没有人有义务一定要看完你的文章。我太太就是这样，如果她觉得我的文章不好玩，她根本都看不下去。连太太都是这样，怎么期待所有观众去看一篇不好玩的东西？

不论河西还是彭浩翔，我都不方便妄自攀附，不过我也早有类似于彭的想法，于是便拿来他的话拉作大旗。

　　　　　　　　　　　　　　　　　　　　半夏草于丁酉年春

目录 contents

第一辑 草部

第一辑

草部

兆头

话说隋文帝的时候，上党地面，也就是今天山西长治一带，有户人家，每天夜里都听见宅子后边有人呼喊。可等出去找的时候，却什么也没有。到了隔天，依然照旧。这终究不是件让人放心的事儿，于是，家长招呼起七狼八虎，各位兄弟，抄上家伙，对宅后开阔地实施地毯式搜索。就像《沙家浜》里说的，像篦头发似的那么篦了一遍，还真的篦出点儿名堂。在距离宅子一里远的地方，大家发现了一棵植物，该植物枝繁叶茂，长势喜人，因此看着让人狐疑。这大概就是情况了。于是大家一阵锹镐挖下去，掘到五尺深的时候，便得到了一头长得和人一样的精怪东西，胳膊腿儿什么的，全都具备。这东西挖出来之后，宅子后边再没了声息。如你所知，那头和人长得差不多的精怪东西，就是大家最熟烂的人参了。

说起人参，该说是中药品种里知名度最高的一款。劈头讲的段子，出自《广五行记》，属于志怪，类似于民间传说，真实性有待考证，不过人参作为中国特产的名贵药材，则是名副其实确定无疑的。

依照生物学的描述，人参生长在针叶和阔叶林中，喜倾斜的山坡地，耐阴湿，喜欢有机质丰富而松软、排水良好的肥沃土壤，斜射光照下生长特好，过于阴暗或光照强烈则生长不良。土壤以微酸性至中性为宜。由此可见，土壤、环境的不同，决定了人参的质地和效果，因此地域上人参品种的高下不同，其实原本就是土壤环境条件的不同所致，仿佛橘树移到了北方就变成了酸枳，和栽培技术什么的，没甚干系。

按照权威解释，人参为人所知，至少已有四千年的历史，东汉时期的《神农本草经》以及后来历代的本草上，都有相关记载，认为它是滋补强壮的珍贵药材。而强壮，鉴于它与健康长寿的关系，从来就是人类心头挥之不去的念想。于是该参不能不珍贵起来。

一般人的印象里，说起人参，似乎产在朝鲜韩国的高丽参，才是最好。其实，这是无疑的误解。按照《本草》上的权威说法，出产于山西太行山脉的上党，也就是前面故事发生地的人参，才最正宗。然后是辽东参。所谓东北三件宝，人参、貂皮、乌拉草，内中说的正是辽东参。至于高丽参，以及百济参、新罗参，产地都属于今天的朝鲜半岛，按照陶弘景的说法，是因为高丽等，地脉靠近辽东，才成的气候，而论到药效，就赶不上辽东的本主了。

按照古代医书的记载，人参生上党山谷及辽东，农历的二月、四月、八月上旬（一说三月、九月）时采根，用竹刀刮净，暴干，不能见风，根如人形的，有神效。这就是说，人参——其实所有中药材都当如此，要按时采集，不是随便什么时候都可以乱挖的。所谓花开堪折才直须折呢，花开前的骨朵，花开后的败残，都当不得那个堪字。譬如人参，秋冬时节采的就坚实，春夏采的就虚软，这和产地什么的，反而并不搭界。还有炮制，也有讲究，譬如刮人参时必须用竹刀，而不能用铁器。暴干之后不能见风见日头，因为见了就容易生虫子，所以必须用新的干净瓦罐密封收藏，才能保证经年不坏。这道理自然渊源有自，当初该参生长的时候就喜欢背阳的地方，炮制后依然本性不改，宛如出洋的人，哪怕他只会说洋文，也脱不了黑头黄皮的华裔底细。

上党参按照古人的描绘，根纤长下垂，有长及一尺多的，还有的十歧，也就是根上有十来个分岔，价格也不菲，当时和银子一个价儿，而且还十分难得。

因为名贵因为难得，所以早就有赝品横行。于是医书上写有检验上党参真假的办法。就是让两个汉子一起跑，一个嘴里含块人参，一个不含，两人跑个三五里，嘴里不含人参的那个肯定会大喘气，如果含的那个气息自如，该参就是真的上党参了。这法子大有深意存焉。电视剧《亮剑》里一堆国军俘虏不肯承认自己当官的身份，李云龙师座就让他们转圈儿跑步，跑一会儿挪不动的，自然就是那些平时不用拿脚杆子行军的长官。这和验证上党参的法子，倒是一个道理。有趣的是，人参的别号正唤作人衔。

不过，上党参至迟到明朝的时候，就已经采挖殆尽。时珍大爷说，民以人参为地方害，不复采收。也就是说，当时的老百姓，因为人参的著名，滥采滥收，反倒成了地方上的祸害，于是大家不得已放弃了采收。那时治病开方子，用到人参，就已经是辽东参当家了。而本土人参，更因为上党品种的短缺，造成货源紧张，已开始依靠进口，朝鲜方面的高丽参、百济参、新罗参，通过互市贸易，成为当时的大宗来源。而且，至少在时珍大爷的时代，高丽来的人参，这边已经可以十月下种，像种菜一样地人工栽培了。这就无怪一般大众会拿高丽参当上品，因为身边满眼的行货就是如此，而且从时珍大爷的时代就已然这样，老辈子的印象，自然深刻。不过，传统的医家认为，高丽参之类，气味效果等，都远不及上党的正宗。而辽东参，又叫黄参，医家则认为，有它自己独到的效果。

　　说起来，人参的名字还有些来历。譬如，其中的"人"字，自然是说它的根长得像人形，于是才有开头那桩故事的发生。至于这"参"字，就有些麻烦，看字形，根本琢磨不出是个什么道理。原来这"参"字，本是写作草字头，三点水，"筥帚"的"帚"，下面一个"又是"的"又"。或者再简写为草头下面，一个"浸泡"的"浸"字。时珍大爷说，那上下左右一堆构成复杂的本字，是从浸，浸是浸渐的意思，人参是多年浸渐才可以长成的，根如人形，有神，所以才叫的人参。后来因为写起来太过烦琐麻烦，才用"参星"的"参"字代替，为的是简便。

　　时珍大爷说人参需要多年浸渐才能慢慢长成，所以传说中的千年老参才是极品宝贝，才能"有神"。这里说的"有神"，当然不是说它古怪成精，而是说它具有神奇的药效。不过，在中国古代的典籍上，还是习惯把人参说成是一种通神的祥瑞。

　　且说东晋时，出产正宗人参的上党武乡，有个羯族小伙儿叫石勒的。这羯族起源于小月氏。月氏系古族，秦汉之际，游牧于敦煌、祁连之间，汉朝文皇帝时遭到匈奴攻击，大部分西迁到新疆伊犁一带，这便是著名的大月氏。少数没有西迁的月氏人，进入祁连山，和羌人杂居，这便是小月氏。小月氏人曾经附属于匈奴，魏晋时散居在上党一带，与汉人杂处。这石勒身体壮健，很有胆力，雄壮威武，喜欢骑马射箭。他家的园子里生长了一颗硕大的人参，花叶茂盛，非同一般。父老乡亲里有懂相术的看了，就说：这胡儿状貌奇异，志度非常，将来必定不可限量也，劝说大家厚待石勒。后来石勒果然成了大事，做了五胡十六国之一后赵的皇帝。那颗人参，就成了预示石皇帝富贵的好兆头。

　　纬书《礼斗威仪》上说："下有人参，上有紫气。"紫气就是宝物发出的光气和祥瑞之气。传说老子出函谷关的时候，守关的官儿看见紫气从东边冉冉而来，知道将有圣人过关。这便是紫气东来的出处。后来骑了青牛的老子果然出关，被那把关的官儿一番劝说，写下了名垂千古的《道德经》。如此推导，这人参居然和圣人有些瓜葛，并且依然是充满预言的兆头，只是把圣贤和富贵搅在了一起。好在公众话语里，这些都可以一概论为出人头地的成功典范，励志的警句里也不耐烦严格区分而同样作为楷模标榜。

　　另一本纬书《春秋运斗枢》则说："摇光星散而为人参。人君废江淮山渎之利，则摇光不明，人参不生。"摇光又叫瑶光，是北斗七星的第七颗星，也就是斗柄——又叫杓头——上的第一颗星。这颗星散落到地上，就变成了人参，所以人参又叫作神草。

一向都说迷信的传说不符合科学。此话诚然。不过，如果封建帝王们为了炫耀自己的政治清明，惧怕祥瑞不生，而不敢轻易去破坏山川，则那迷信，或许也算是一种对环境的敬畏和保护了。如此，则绿色和平可期以时日也。

关于兆头，似乎还有话讲。专采辽东参的东北采参人放山，也就是进山挖野山参，发现人参后，会在旁边的一棵树上刮开树皮，刻上记号。规矩是：左边用横道竖列刻上挖参的人数，譬如七个、十个之类，右边刻上发现人参的品级，譬如四品叶之类。最珍贵的当然是六品叶，有六个掌形复叶，之后就不再长叶了。但六品叶数量实在稀少，四品叶已经是相当有成就感的货色了。这一番刻画，便叫作兆头。之后路过此处的放山人，一看见兆头就会知道有几个人抬过也就是挖过一颗某一品级的人参，过一两年在附近仔细找找，没准儿还能发现新长出来的棒槌——棒槌自是人参在东北地区最著名的称谓。

人参的发育生长当然有其独特的环境，这环境书本上的描摹只是大概其的虚说，有经验的老把式也要靠神乎其技的摸索，终于是漫山撒网，而兆头的记录，则是一种直截的地标，运气好的话，同样的水土未必没有再次孕育奇迹的可能。这样的标识，自然是富有善意的资源共享，而采挖野参叫放山，也透露出一种采集意义上的朴素和生态。

至于人参滋补强壮的种种功效，譬如治男妇一切虚症，实在属于妇孺皆知的常识，本不当啰唆，但又确有不吐不快者骨鲠在喉。譬如，著名的陶弘景说，人参为药切要，与甘草同功。切要云云，自不待言，然功效和甘草同列，虽然知道是专家定论，而且甘草被誉为众药之主，有调和众药之国老称谓，并且在本经中的排位第一，但俗鄙如我之辈，总是联想到人参响亮的名头和生长采集的难得，不料却只是和大路的行货甘草类似，至多就是个并肩王爷，顿时不免为它气短。

另外，作为著名的补药，人参的知名度不容置疑，因此为几乎所有的成功上流人士所青睐。但有医家却严正提示：凡酒色过度，损伤肺肾真阴，阴虚火劫，劳嗽吐血咯血等症，勿用之。原来以为能够拯危济困于万全的人参，竟然还有如此不方便逆料的海底眼。这样的提示，真真宛如对新生儿说这孩子早晚要死一样，怎能不令沉浸在物欲享受之中的高端阶层黯然神伤哟。

更吊诡的是，按照上述提示，本参的使用，该当对症，只有庸医才会乱用。不料又有医家明确指出：人参功载本草，人所共知。近因病者吝财薄医，医复算本惜费，不肯用参疗病，以致轻者至重，重者至危。……庸医每谓人参不可轻用，诚哉庸也。好生君子，不可轻命薄医，医亦不可计利不用。一篇谠论之后，还不忘记凿凿写上：书此奉勉，幸勿曰迂。

原来不肯用参的才是庸医。想来这位前贤生活的时代，应该处于严重的短缺经济，然而越是这样的时代，往往正有奢侈横行。推量起来，这被前贤唾弃的庸医，只好是散落民间的游方郎中，为谋得匹夫匹妇手里攒得出汗水的救命银子，只好用价格便宜当作兜揽生计的噱头。至于在太医院里镇日打盹的皇上侍臣，以及能够起死回生又不计较医死人命的国手，原本是在花钱如流水的人群里划分执业半径，哪里肯用工本的高下限制自家的手段？所以他们永远和庸医的鬼祟不搭什么界。

于是那老前贤，终于是迁。

老人头

　　解释某物命名的由来，其实不是一件轻松的事情。譬如一株叫白头翁的草，又有野丈人、胡王使者和奈何草的别称，按照时珍大爷的说法，丈人、胡使、奈何，皆状老翁之意。丈人是对老年男子的尊称，所以野丈人无非是说处身野外的老者，岳父则是丈人尊称的窄化，窄化后的意义便不方便冠名为野，除非是《聊斋》故事里收留貌美狐仙做老婆的艳福书生。北方西方乃至域外的来客所以被称为胡人，和他们往往留有一部惹人注目的胡须大有干系，这本来与年纪无关，不过蓄须的人总会有些年纪，起码看起来如此，而使者往往肩负重大任务，虽然年纪大不便奔波，但更富智慧的长者无疑令首长放心，于是胡王的使者不免也和年纪有了瓜葛。奈何果然是进入老境之后挥之不去的凄惶心态，贾平凹老师当年的小说里，便用贪财怕死睡不着觉来描摹，可谓传神。

　　白头翁当然就是白头的老翁，时珍大爷的定义自然正确，但究竟本草身上的哪个体征赋予了白头老翁的意义，大爷却并未言明。翻检各家前贤，居然也是各执一词。陶弘景以为，近根处有白茸，状似白头老翁，故以为名。苏恭则另有取法：实大如鸡子，白毛寸余，皆披下，似纛头，正似白头老翁，故名焉。陶言近根有白茸，似不识也。所谓纛头，便是大旗头上的穗子，倘若是白色，确乎仿佛老者蓬松的白头。苏颂提到它叶生茎头上有细白毛而不滑泽，近根有白茸，以及其苗有风则静无风而摇的异禀，同时指出，苏恭所谓实如鸡子白毛寸余者，皆误矣。寇宗奭则以山野中屡尝见之，而同意苏恭的说法，又提及山中人卖白头翁丸，言服之寿考，又失古人命名之义。他批评陶说失于不审，宜其排叱也。另一位不甚著名的医士汪机却不乏讨巧地说，大抵此物用根，命名取象，当准苏颂《图经》，而恭说恐别是一物也。

笼统地讲，说白头翁全株被白毛亦不为过，而生于顶端的瘦果，上有宿存的长羽毛状花柱，真的宛如白发披散的老人头，俨然一枚游荡于荒野的蹒然老叟。这样看来，虽然本草入药确在根部，但近根的茸毛，物象与老翁并无相似之处，前贤从此入手，不免强作附会。苏恭取法果实，该说已经逼近，纛头的描述虽然具象，但大如鸡子的体量，则与本草纺锤形扁小的果实，颇有出入，属于大方向正确却误入了歧径分岔。后人别是一物的归类当然是客气的修辞，而一概否定的误矣判断，却也不免有些武断，大自然的纷纭造物，原是不方便轻作断言的。根据有关方面的统计，各地药行售卖的本草样品，竟有20种以上的差异，宜乎其被指为乱象也。

生物学的解释，白头翁属植物瘦果身上宿存的长羽毛状花柱，乃是为了适应风媒的传播，这是植物为了繁衍后代的路径设置，一如扬花飘絮。至于老翁头颅的想象，则是人类体察事物时有意无意的自我投射，再逼真别致也是人本的立场。

本草的主治，大略在于温疟狂易寒热，症瘕积聚瘿气，逐血止痛，疗金疮，止毒痢，鼻衄齿痛，百骨节痛，一切风气，暖腰膝，明目消赘。前贤发明道：本草气厚味薄，可升可降，阴中阳也。张仲景治热痢下重，用白头翁汤主之。盖肾欲坚，急食苦以坚之。痢则下焦虚，故以纯苦之剂坚之。男子阴疝偏坠、小儿头秃膻腥、鼻衄无此不效，毒痢有此获功。现代医学也发现，本草对阿米巴痢疾卓有特效，张仲景的白头翁汤正可施展：用白头翁二两，黄连、黄檗、秦皮各三两，水七升，煮二升，每服一升，不愈更服。妇人产后痢虚极者，加甘草、阿胶各二两。

有意味的是，鉴于本草对阿米巴痢疾的效果，各地曾相继展开研究，但由于植物来源的不一，实际效果难以保证，所谓乱象，总是有报应的，这大约也是传统医药学遭到非议的个因，尽管其中颇有非战之罪的殃及。

按照前贤的发明，本草的功用在于以纯苦坚肾及下焦，这样的理念，不但于毒痢斩获奇功，其他如疝气秃疮乃至鼻衄之类的边缘症候，也无此不效，一网打尽，捎带还有暖腰膝之类的延伸，甚至明目消赘也不妨由此生发。而西洋医学对本草的关注，则在于其强烈的抗菌消炎作用，照此路数，则阿米巴原虫，金黄色葡萄球菌，绿脓杆菌，炭疽杆菌，伤寒杆菌，甲型乙型链球菌，乃至阴道滴虫，都足以逐个剿灭，于是热毒血痢，痔疮，瘰疬，鼻衄，金疮，皆可一鼓荡平。如此看来，本草实在是一株不乏业绩的优质药材，但本经却将其归为下品，令人不免扼腕，倒也乱巧照应了本草别称的奈何。

主治项目中提到的狂易，指的是狂而变易常性。传统医学以为，相比于一般疟疾，发作于高温潮湿之岭南山瘴地区的瘴疟，来势凶险，因阴阳极度偏盛，心神蒙蔽，多见神昏谵语，这大约便是本草人药主治的所指了。传统医学文献之于疟疾早有先着，远在殷墟甲骨文中就已经有疟字记载。而《后汉书》里则专门提到，狂易杀人，得减重论。诚然，杀人云云，自不在瘴疟的辐射范围内，毕竟，遭到瘴毒疟邪濒死折磨的病患，哪里还有体力施行如此惨烈的行径？

灭火队长

现代科学的研究证明，人有五种味觉，分别是酸、甜、苦、咸和鲜。如今占尽食肆主流的辛辣，却和麻一样，只算是一种痛觉。科学总是让所谓的常识颠覆，照此说来，无辣不欢其实就是沉湎受虐而不觉。不过，见之于经典的所谓五味，也即酸、苦、甘、辛、咸，还是将有灼伤一般痛觉的辛俨然列入，而鲜则被打入另册。

五味是口腹之欲的舌尖感觉，穷尽其趣该是许多吃货梦寐以求的境界。其实，上至权贵下迄屌丝，于此皆然，谁也不能免俗。不过哲学家老子却大煞风景地指出：五色令人目盲，五音令人耳聋，五味令人口爽，驰骋畋猎令人心发狂。

老子的意思是耳目口心原本都要顺其性，而放纵的享受却伤害了它的自然，所以才导致了盲聋爽狂。也许孤立地说"五味令人口爽"，会有支持纵欲的错觉。其实，此处所谓口爽，并非后来的爽口，而是败坏口感。小学家说，楚人名羹败曰爽，也就是肉汤坏掉叫作爽。

一向说南甜北咸东辣西酸，检讨起来，放纵便会引发口爽的五味之中，位居次席的苦，实际最遭人厌弃，起码未见痴迷吃苦的地域特征。不过，一旦进入传统医学，五味表征的是药物不同滋味所禀赋的不同功效，而五味各有攻决，苦味绝不输于其他。

不用说，药材里最苦的莫过黄连，俗谚甚至用哑巴吃下它的抓狂表白其无法承受的剧烈程度，这当然有伤厚道，却也不乏鲜明具象。

像隐士远离尘嚣一样，黄连喜欢躲在高寒湿润山林葱郁的荫蔽地方诗意栖居。大多数隐士的避世，不过是曲线进入仕途的终南捷径。黄连虽然比陶渊明还洒脱，真的享受遁迹山林的怡然自得，根本无意出山，却也依然逃不脱被征召的运命，而且是不容分说的强征。

强征的结果当然不是派送官职，甚至比抓壮丁更残酷：捉将出来，抖掉泥沙，剁下根来，褪去肉毛，炮制入药。按照时珍大爷的说法，黄连是因其根连珠而色黄得名。说来凄惶，它因根而得名，却也因根而丧命，盛名之下，性命不保，此当为天下归隐者鉴戒。

所谓其根连珠，不过是对黄连灰黄或者黄褐色根茎上不规则结节状隆起的惟妙描摹。前贤说，苦先入心，火必就燥。命苦的黄连，果然入手少阴心经，为治火之主药，清热燥湿，泻火解毒，是实至名归的灭火队长。传统医学的许多论断，一向被批为唯心主义的谈玄，然而现代研究表明，黄连根茎富含之小檗碱，口服之后，几乎所有组织均有分布，其中尤以心脏中浓度最高，这足以证实前贤上述归纳之精辟。

大爷说，五脏六腑皆有火，平则治，动则病。因而黄连之治火，自然不止于心火。至于处置不同脏器之火，则在于对药材的不同修治：治本脏之火，则生用之；治肝胆之实火，则以猪胆汁浸炒；治肝胆之虚火，则以醋浸炒；治上焦之火，则以酒炒；治中焦之火，则以姜汁炒；治下焦之火，则以盐水或朴硝研细调水和炒；治气分湿热之火，则以茱萸汤浸炒；治血分块中伏火，则以干漆末调水炒；治食积之火，则以黄土研细调水和炒。大爷指出，上述不同的修治方法，不独为之导引，盖辛热能制其苦寒，咸寒能制其燥性，在用者详酌之。

黄连之所以位列名贵药材，暴得大名，当然在于它对肠道感染的料理。自古黄连就是治痢之最。前贤解释：盖治痢惟宜辛苦寒药，辛能发散开通郁结，苦能燥湿，寒能胜热，使气宣平而已。并且，诸苦寒药多泄，惟黄连、黄檗性冷而燥，能降火去湿而止泄痢，故治痢以之为君。

此外不为寻常人所熟知的，则是它对眼病的专攻。历代以黄连治目之方繁多，其中羊肝丸尤其奇异。刘禹锡《传信方》载：羊肝丸，治男女肝经不足，风热上攻，头目昏暗羞明，及障翳青盲。用黄连末一两，羊子肝一具，去膜，捣烂和丸梧子大。每食后暖浆水吞十四丸，连作五剂瘥。此方的奇异还在于它的来历。一位叫崔承元的曾经救活过一个死囚犯，那死囚后来病死。再后来，老崔得了白内障，久治不愈。这天老崔半夜枯坐，忽听门外台阶上传来窸窣之声，老崔问是谁，答说是昔日蒙您救活的囚犯，今天特来报恩。死囚将此方告知老崔，说完便没了踪影。老崔照方抓药，吃下没几个月，便复明了。此方由此传之于世。

施恩不图报反而得报，这是种福田的人最恰当的功德。而黄连之于眼病的功德，正不止于羊肝丸。凡眼暴发赤肿，痛不可忍者，宜黄连、当归以酒浸煎之。而黄连、当归、芍药等分，雪水或甜水煎汤，则是郎中们习用的洗眼方，并且必须温汤热洗，冷即再温，甚益眼目。只要是风毒赤目花翳，用之无不神效。至于神效的道理，前贤解释说，盖眼目之病，皆是血脉凝滞使然，故以行血药合黄连治之，血得热则行，故乘热洗也。

当然，大苦大寒之药，中病当止，不宜久服，否则，使肃杀之令常行，而伐其生发冲和之气，就是歧途了。陶弘景说道方服食黄连长生；《神仙传》记载，封君达、黑穴公并服黄连五十年得仙。大爷对此颇不以为然，以为久则脏器偏胜，即有偏绝，则有暴夭之道。

作为一款名药，黄连的主治，除了上述，也还多多，譬如止消渴大惊，治五劳七伤，妇人阴中肿痛，解服药过剂烦闷及巴豆、轻粉毒。这最后一项，最是要紧，服药过量，以及吃下巴豆、轻粉也即水银粉这样刚猛的虎狼药，都有令人胆寒难以逆料的严重后果。当此时也，身为灭火队长的黄连再次挺身而出，拯危济困，救人于水火，真真是人见人爱，花见花开，佛爷见了也会沉迷发呆。

妒妇

　　时珍大爷自述：予年二十时，因感冒咳嗽既久，且犯戒，遂病骨蒸发热，肤如火燎，每日吐痰碗许，暑月烦渴，寝食几废，六脉浮洪。遍服柴胡麦门冬荆沥诸药，月余益剧，皆以为必死矣。先君偶思李东垣治肺热如火燎，烦躁引饮而昼盛者，气分热也。宜一味黄芩汤，以泄肺经气分之火。遂按方用片芩一两，水二钟，煎一钟，顿服。次日身热尽退，而痰嗽皆愈。药中肯綮，如鼓应桴，医中之妙，有如此哉。

　　大爷所谓骨蒸，就是传说中的肺痨，相当于西洋医学的肺结核。骨蒸的意思，是说其热自骨中透发而出。传统医学以为，骨的生长发育及骨质的坚脆与肾密切相关，因肾主藏精，精能生髓，髓居骨中，乃骨之营养来源。肾精充足，则骨髓生化有源，骨得髓养，方能得其坚刚之性；肾精先天不足，或者后天遭邪气所伤，自会导致髓之亏虚，从而影响骨的生长发育和功能。而所谓肺痨，则指痨虫侵蚀于肺，这与西洋医学结核杆菌侵入肺脏的判断，自是一个道理。传统医学治疗此症强调杀虫与补虚并行，以为先天禀赋不足，后天失于调养，正气不足，乃是致病内因。此与西洋医学所谓机体抵抗力降低从而引发肺脏的炎症浸润性病变的说法，同样契合。

大爷自述中提及患病之初的犯戒，属于触及灵魂的深刻检讨，也见证大爷的诚实与坦荡。酒色之戒不但切用于出家人，也是肺痨病患必须遵行的律条。大爷那时年方二十，血气方刚，不肯克制敦伦，原在情理之中，不料因此而诱发重症而几致濒死，却是始料不及的。

至于救了大爷一命，遭到他极度赞叹的黄芩，则是清热解表的著名山草，就抗菌而言，它甚至超越黄连，并且不会产生抗药性，这在滥用药物的当下，尤其具有拯危济困的深重意义。

黄芩入药的部位，是它肉质肥厚的根。作为多年生的草本，黄芩的主根，积年之后会出现枯心，乃至有全部枯心者。这样的特性，不能不引发好事者的八卦。大爷引用《说文》，以为黄芩之芩，是色黄的意思。但本草已经有黄的冠名，于是有人又说芩者黔也，而黔乃黄黑之色。这却是枯心的写照。黄芩的旧根多为中空，外黄内黑，于是便不免生发出空肠、内虚，以及腐肠、妒妇的别名联想。腐肠者，腐烂之肠子也。妒忌位列七出，是传统文明认定的女性恶德，因而妒妇一向被表征为心黯，此处连类比之，所谓黑心肠者是也。由一株草而辗转波及妒妇，足见圣人惟女子与小人难养的名句，在万恶的旧社会，果然深入人心。

不过，黄芩入药的采集，并不论新旧，于是有圆者名子芩、破者名宿芩的细分。子芩乃新根，多内实，也叫条芩。宿芩又叫片芩，也即大爷救命时黄芩汤所用。这是以新旧而划分。也有人以西芩多中空而色黔，北芩多内实而深黄，将地域作为划分元素。不过，既然有所划分，足见其各具禀赋，并不可轻作偏废。有前贤便着意指出：黄芩之中枯而飘者，泻肺火，利气，消痰，除风热，清肌表之热；细实而坚者，泻大肠火，养阴退阳，补膀胱寒水，滋其化源。高下之分与枳实、枳壳同例。细揣二者功效，似乎并不方便以高下断言，譬如宿根出身的片芩，一般以为其黄芩苷的含量大幅降低，但却救了大爷一命，可见它们原本各领风骚，其实难作臧否。

虽然拯救大爷一命的黄芩汤，独用一味，但在传统医学的实践中，黄芩也和其他药材一样，基本以配伍的面目出现，并且因搭角的不同而呈现不同的强项：得酒，上行。得猪胆汁，除肝胆火。得柴胡，退寒热。得芍药，治下痢。得桑白皮，泻肺火。得白术，安胎。

黄芩号称妒妇，说起来天生就禀赋难为女人的气质，但就入药的case看，该妒妇却与史上班班不绝的悍妒故事背道而驰，对女人表现出异乎寻常的善意，简直算得上是颇有看顾，举凡女子血闭淋露下血，产后血渴，崩中下血，经水不断，安胎清热，乳痈，种种，都能一一打理，悉心呵护。追究起来，该妒妇的恶名声，原本来自枯心宿根的外黄内黑，无非形貌取人，对照本妇的贤良德行，实在迹近诽谤，足见所谓名声，不论善恶，其实都是说不准的。

屏风

　　以广招门客知名的孟尝君，门下食客数千人，不论贵贱，号称一视同仁。孟尝君待客时，屏风后面会安排人记录下谈话内容，以及亲戚居处。来人离开时，孟尝君已经派人前去家中慰问，亲戚处也有所馈赠。

　　这是赚取人心的智慧。就中提到的屏风，是经典的室内陈设，除了遮蔽和隔离空间，也为窃听留下伏笔，多少宫廷秘辛就拜它所赐。不过，屏风原本的用途乃是挡风。晋朝人满奋怕风，这天在皇帝身边陪坐，宫里讲究，北边的窗户有琉璃屏风，看起来没什么遮挡，其实很严密，满奋不知，面露难色。皇帝见了自然笑他，满奋回应说：臣就像怕晒的水牛，看见月亮还以为是太阳，因而喘息。还有另样的屏风：唐朝的杨国忠，以外戚为政，生活豪奢，冬天时挑选身材肥胖的婢妾侍立身前遮风，号称肉屏风。

　　传统医学以为，风寒暑湿燥火乃自然界六种不同的气候或环境的状态，合称六气。当六气太过、不及或者与季节时间不符，超过人体所能适应的限度，就会成为致病的因素，六气便蜕变为六淫或者六邪。当然，同样的气候条件，对发病的人体而言是六淫，对不发病的人体则不过就是六气。作为六气六淫六邪之首的风，对正气虚弱或者体质易感的人来说，就是引发疾患的因素，满奋的畏风便是例证。当然，风邪致病，除了外风，还有内风，系指由于体内脏腑功能失调导致的病理状态。

风邪来袭，如果有一排可人的屏风周遭遮蔽，有病疗病，无病防病，该是几乎所有人心中的绮丽愿景。见证奇迹的时刻到了，传统药材中果然有一味真的号称屏风，打理的也果然正是风证。

这枚名叫屏风的药材，更知名的称谓乃是防风。时珍大爷诠释道：防者，御也。其功疗风最要，故名。而屏风的叫法，则是防风的隐语。

前贤描摹本药的生态说：茎叶俱青绿色，茎深而叶淡，似青蒿而短小。春初时嫩紫红色，江东宋亳人采作菜茹，极爽口。五月开细白花，中心攒聚作大房，似莳萝花。实似胡荽子而大。根土黄色，与蜀葵根相类，二月、十月采之。关中生者，三月、六月采之，然轻虚不及齐州者良。又有石防风，生于山石之间，根如蒿根而黄，叶青花白，五月开花，六月采根暴干，亦疗头风眩痛。

嫩草作菜，似乎是江南湿润地面的惯常，而春初时节紫红色的嫩苗，也的确惹人食指大动，新鲜的食材果然是极爽口的尤物。这样的尤物老成之后竟然可以摒挡风证，宛如娇滴滴的黄花女儿，过门之后久经历练，终于出落成为家族遮风挡雨的泼辣管家婆。

　　主治项下，本药最痛切的功效被描述为：治三十六般风，男子一切劳劣，补中益神，止冷泪及瘫痪，通利五脏关脉，五劳七伤，羸损盗汗，风行周身，骨节疼痹，四肢挛急，能安神定志，泻肺实，搜肝气，散头目中滞气，经络中留湿，久服轻身。

　　金代易州名医张元素，字洁古，举进士不第，去而学医，被时珍大爷誉为深阐轩岐秘奥，参悟天人幽微。元代真定名医李杲，号东垣，富而好施，受业于洁古老人，尽得其学，益加阐发，人称神医。师徒二人都对本药有论述，洁古先生以为：防风，治风通用，身半已上风邪用身，身半已下风邪用梢，治风去湿之仙药也，风能胜湿故尔。李东垣进一步阐发道：防风治一身尽痛，乃卒伍卑贱之职，随所引而至，乃风药中润剂也。若补脾胃，非此引用不能行。凡脊痛项强，不可回顾，腰似折，项似拔者，乃手足太阳证，正当用防风。凡疮在胸膈以上，虽无手足太阳证，亦当用之，为能散结，去上部风。病人身体拘倦者，风也，诸疮见此证亦须用之。

　　如果说洁古老人以本药用身用梢区别对待上下半身症候实乃精辟之论的话，东垣先生于本药卒伍卑贱之职的定位，则是对乃师治风去湿仙药定论跳脱窠臼的发扬，所谓随所引而至乃风药中润剂，比之仙药的宏大定性更其细致确切，而脊痛项强不可回顾腰似折项似拔以及疮在胸膈以上之类传神精到的症状描摹和指认，又极富临床实践意义，果然不愧神医本色。

　　除了料理诸般风证，本药更有一个妙处，就是解毒。譬如解乌头、附子、天雄、芫花以及野菌之毒，但用防风煎汁饮之即可。这是唐人孙思邈《千金方》所载，令人不容怀疑。须知上述诸药，原是传统药材中毒性昭彰的翘楚，用之难免有险，而本药正可一揽子预留，体贴备急。更有前贤论到本药解诸药毒的神效：即便已经死掉，只要心间尚留温暖者，乃是热物犯之。只用防风一味，擂冷水灌之，便可回转。这却太过神奇，尽管已有孙药王化解诸般毒药的确凿判定，但起死回生终究属于可遇不可求的神迹，令人不能不有所狐疑。

胡 来

时珍大爷的《本草纲目》，被李约瑟定性为明代最伟大的科学成就，不过这位约瑟李大爷对时珍李大爷的身份定位，则是中国博物学中的无冕之王，这话听起来似乎受用，但却不免有失偏颇。时珍大爷固然于《本草纲目》用力毕生，但著作本书，仅仅精通药学是不足以胜任的。大爷其实世医出身，父亲曾入太医院，为一时名医。大爷自科场蹭蹬后，绝意仕途，乃继承家学，执医为业，有良医之名，尤其精通脉学。楚王府闻名，召入府中为官，掌管良医所。

这一日，王妃胡氏因吃荞麦面时着了怒，胃痛得难以忍受。府里的医官用了吐下行气化滞诸药，可药刚入口就吐了出来，病情无从医治，大便也三日不通，胡妃痛不欲生。大爷忽然想起，《雷公炮炙论》里说，心痛欲死，速觅延胡。于是用延胡索末三钱，温酒调下，胡妃居然吃下，不一会儿大便就通了，胃也随之不痛了。

大爷说，延胡索能行血中气滞，气中血滞，故专治一身上下诸痛，用之中的，妙不可言，是活血化气的第一品药。不用说，胡妃的case便是最好的证明。因而通经络，活血利气，止痛，都是它主治项下题中应有之义。尤其于妇人月经不调，产后诸病，譬如秽污不尽，腹满，产后血运，心头硬，寒热不禁，心闷，手足烦热，气力欲绝，都能一揽子包办。

作为罂粟科的草本，止痛种种，似乎正是其天赋。大爷说，寒露后栽，立春后生苗，立夏掘起，丛生如芋卵样的根或曰块茎，便是它入药的材料。

名中带胡，难免就有蛮夷的出身。翻检之下，果然。前贤说，延胡索生于奚，从安东道来。奚乃东北夷，也即东胡族，世居辽水上游，汉时被匈奴冒顿单于所破，保乌丸山，因称乌桓。当年曹孟德为消灭袁熙袁尚等袁氏残余势力，统一北方，就曾亲率大军，赴辽西远征乌桓，于辽西白狼山一举击溃乌桓骑兵，斩杀乌桓首领蹋顿，胡汉降者二十余万，二袁逃往辽东。平定乌桓后，返回途中，东临碣石，以观沧海，老骥伏枥，志在千里，写下《观沧海》《龟虽寿》诸名篇。

不过，来自东胡的延胡索，本名玄胡索，宋朝时避真宗名讳，才改玄为延。避讳是本土特有的现象，对皇帝尊长的名讳，不许直呼直书，否则就有坐牢乃至杀头的危险。于是，碰到需要避讳的，就要改用意思相同相近的字。譬如，秦始皇名政，改正月为端月；吕后名雉，改雉称野鸡；汉文帝名恒，改姮娥为嫦娥，恒山为常山；晋简文帝郑后小字阿春，改《春秋》为《阳秋》；唐太宗名世民，改观世音为观音，民部为户部；唐代宗名豫，改薯蓣为薯药；吴越王钱镠，改石榴为金樱，改刘姓为金姓；宋仁宗名祯，改蒸为炊；宋英宗名曙，薯药再改为山药……当然，皇家也不容易，为了避免犯讳，起名时多用单名和冷僻字，武则天便自造曌字。清世祖福临也曾下诏曰：不可为朕一人，致使天下之人无福。

宋真宗的名字，史书上名恒，听起来和玄根本不搭。实际上，恒是后改的名字，之前他的宗室谱名为德昌，太宗继位后改名元休、元侃，这显然和他的两位哥哥元佐、元僖是一个系列。元和玄的读音正相切近，后来避康熙帝玄烨讳，玄便改为元。其实，本名的玄胡，听上去略略仿佛悬乎，作为一款药材，颇有不靠谱的嫌疑，遭际避讳，改为延胡，反而脱胎换骨，因祸得福，这名改得值。都说避讳带来诸多不便，于此便是昭彰的反证。

绕了一大圈，延胡原来是玄胡，是东来的外种。民间一向以为，远来的和尚，总会有些不同的手段，譬如这玄胡变身的延胡，虽自胡来，却绝不胡来，包揽妇科诸症，享誉活血化气第一品药，桩桩件件，都透露出外埠和尚的不同凡响。有意味的是，文前所云大爷以此药一击中的应手而治者，不但果然妇人，而且偏巧正是姓胡。

马蹄香

对著名的《山海经》，司马迁以为其所有怪物，余不敢言之也。这样的论断，似乎与印象中《山海经》的璀璨颇有出入。其实，太史公的上述评价，原本肇因于九州山川，尤其是就黄河之源而起。其实，即便在所谓科技昌明时代，黄河之源的确认也并非易事。尽管《山海经》中的《山经》被认为是巫祝之流根据远古以来传说记录的巫觋之书，但其所述地域、地望以及山水的走向，即便在严肃的学界看来，也大多可考。

作为一部内容驳杂的古籍，本书诚然貌似地理著作，但其内容旁及物产、神话、巫术、宗教，乃至古史、医药、民俗、民族诸方面，文献价值无疑丰厚，读来亦颇颇有趣。譬如，名气甚大的西王母，在本书中被描摹为其状如人，豹尾虎齿，蓬发戴胜，穴居善啸，与后世雍容丽质、天姿姣好的形象，相去不可以道里计也。

再如，其《西山经》有云：又西三百五十里，曰天帝之山，山多棕柟，下多菅蕙。有兽焉，其状如狗，名曰谿边，席其皮者不蛊。有鸟焉，其状如鹑，黑文而赤翁，名曰栎，食之已痔。有草焉，其状如葵，其臭如蘼芜，名曰杜衡，可以走马，食之已瘿。

单从入药而论，这段文字中提及的兽与鸟及草，都可收入囊中，而且不蛊已痔已瘿的功效，在前科技时代绝对相当斐然。如果说豀边和栎看起来不大像禽兽的称谓，杜衡作为草名，却全然没有类似窒碍。翻检时珍大爷的名著，山草类项下果然有杜衡跻身其中。

杜衡又名杜葵，前贤说因其叶似葵而故名，这无疑印证了《西山经》其状如葵的记载。不过，这样的形貌也同样可以被看作仿佛马蹄，因而它又有马蹄香的俗名。既然名中带香，自然禀赋芳香之气。陶弘景说它处处有之，但方药少用，惟道家服之，令人身衣香。巧得很，蘼芜条下，陶氏也说方药稀用，典籍中也有"蘼芜香草，可藏衣中"的记载。两造的气味，也都是辛，温，无毒。所谓其臭如蘼芜，大约是有着落的。不过，杜衡尽管有马蹄香的芬芳名号，却并没有像蘼芜那样列入芳草，缘故不得而知。好在山草同列中不乏甘草人参这样的大牌货色，杜衡因而也不输什么了。

至于走马云云，乱巧颇与本草俗名大有瓜葛，所谓踏花归去马蹄香，顿时平添许多回桓往复的张力。然而其中却有纠结：究竟是佩戴还是服用才会诱发马的善跑，前贤语焉不详，或曰各执一词。好在入药的主体原是以人为本，畜生出身的马之如何，倒也不必太过计较。

主治项下，"作浴汤，香人衣体"果真俨然在列，正出自山中宰相陶隐居辑录的《名医别录》，只不知后来温泉水滑洗凝脂的肥妃，是否将其添入浴汤；曲江丽人，衣香鬓影，是否也有本草的一份烘托。作为一款草药，杜衡自不甘仅仅担当浴汤香料，举凡风寒咳逆，止气奔喘促，消痰饮，破留血，下气杀虫，以及项间瘿瘤之疾，都在它的辐射范围，而后一项，则隐隐与《西山经》"食之已瘿"云尔正相呼应。

大爷在发明项下着意提醒：古方吐药往往用杜衡者，非杜衡也，乃及己也。及己似细辛而有毒，吐人。昔人多以及己当杜衡，杜衡当细辛，故尔错误也。杜衡则无毒，不吐人，功虽不及细辛，而亦能散风寒，下气消痰，行水破血也。

在前贤对本草的描述中，果然对细辛及己多有辨析，陶弘景说本草根叶都似细辛，惟气小异尔。苏恭则指出今俗以及己代之，谬矣。及己独茎，茎端四叶，叶间白花，殊无芳气。有毒，服之令人吐，惟疗疮疥，不可乱杜衡也。

追究起来，上述三者，细辛被本经推为上品，杜衡被别录定为中品，及己则被别录指为下品。如此，则昔人以及己当杜衡，杜衡当细辛，不过就是以下品作中品，中品作上品，说是错误，或许其中未必没有商贾的机心，否则何以不曾有逆向的错用。杜衡虽然功不及细辛，却与细辛一样无毒，并且自有成效；惟及己乃外用疮药，有毒，所谓入口令人吐，实在本是人体对毒物天赋的应激反应，苏恭说它甚至使人吐血，足见其烈性，真正错不得，所以前贤才说它不可乱杜衡也。

再传

话说贞观年间，正当构建盛世的太宗皇帝，忽然腹胀难耐，排出的粪便宛如蟹沫一般黏稠，更痛苦的是，后门重坠，时时欲便，却又无法一泄为快。好汉扛不住三泡稀。与长官的尿也是臊的同理，即便是一世英主，也照样禁不住这样的折磨。可吃遍了众御医开出的各色方子，却丝毫不见效果。久病不愈的皇上，只好按照任贤一路的治国方略，下诏求诊。卫队长张宝藏当年得过此病，立刻献上一方。皇上服后，果然见效，于是命宰相授予张队长五品官职。魏征接旨犯难，一个多月过去了，也没拟出个结果来。不料皇上的病复发，张队再次献方，又再次痊愈。于是皇上问左右：进方的人有此功劳，怎么至今没见任命啊？魏征连忙回答说：不知文吏武吏里面，该给他个什么官职。皇上一听大怒：治得宰相，不妨授他三品，我难道还比不上你吗？当即传谕，命授张队三品文官，为鸿胪寺卿。

鸿胪寺卿是负责朝贺庆吊时赞导相礼的官。根据小学家的解释，鸿，声；胪，传。说白了就是大声喊，因此基本可以理解为朝廷的大傧相。武人偏授文职，其中自然包含皇上泄愤的活思想，但鸿胪这样的官，不需要什么技术含量，品秩却高，最适合没有文官阅历的张队担任，该说盛怒之下的太宗皇帝，依然不失圣明，果然不愧后世对他的喋喋夸奖。而宰相魏征，解读长官意志不得要领，办差不力，擅自押后，颇不合于他得力干部的令名，形象有所破碎。

至于张队所献之方，名为乳煎荜茇。具体应用，按照时珍大爷的描述，用牛乳半斤，荜茇三钱，同煎减半，空腹顿服。

牛乳听起来相当前卫，其实在西洋乳牛输入本土许久之前的秦汉时期，牛乳及其制品，便已由塞外传入中原，南北朝时期已遍及北方农村，《齐民要术》里就详细记载了农民挤牛乳和制造乳酪的方法。当然，那时的牛乳是黄牛乳。

荜茇则是一种产自波斯也即伊朗的香料，其味辛香，胡人带入，原本是作为调料增加食味的。惟其如此，大爷的书中它才被归入芳草类。它的名字一如出身，也来自番语音译，所以还可写作毕勃逼拨种种。说起来音译是最简单直截的翻译办法，但凡遇到无法对应的，都不妨如此处置，并且天赋一种舶来的玄妙。同是舶来背景的禅门里，念诵被视为软修法门，号称天龙梵唱，就是用梵音唱念，说白了便是用外语朗诵原文，道理大约是如此方才得其真谛吧。照此思路，俗话里所谓远来的和尚会念经，其实原本说的该是洋和尚的母语唱念才是正经的真经。不过，但凡落地，洋文也会有水土问题，所以梵音传入本土，不免有不同的流派，北方有北方腔，南方则有峨眉山的腔调和以常州天宁寺为代表的苏派念诵。

正宗舶来的荜茇，时珍大爷说它的气味正如胡椒，气热味辛，对水泻虚痢确有疗效。药理方面，大爷的说法，盖一寒一热，能和阴阳耳。牛乳在祖国传统医学看来，本是微寒之物，所以有一寒之说。按照医家的说辞，微寒的牛乳，生饮令人利，热饮令人口干，大约只好温服方才妥当。而另外的医家却说，凡服乳，必煮一二沸，停冷啜之，热食即壅。而之所以不欲顿服，则是欲得渐消也。所谓必煮一二沸的方式，似乎在饮用领域，遗风至今犹存。

抛开这些个烦琐，据著名诗人刘禹锡声称，太宗皇帝之后，该方累试于虚冷者必效。作为香料出身的药材，荜茇还能补腰脚，杀腥气，消食，又是治疗头痛牙痛的主要用药。当然，时珍大爷也同时提醒，鉴于荜茇的辛热耗散，能动脾肺之火，多用令人目昏，食料尤不宜之。作为调料，遭际这样的判词是毁灭性的。据说啥都敢吃的南人爱其辛香，还会生吃它的叶子，依大爷的训教，大不可也。

后世研究者翻检发现，上述乳煎荜茇方，与印度梵文医典中的药方，当为同源，荜茇治疗痢疾在印度由来已久，因而推断张队此方当来自印度，并且通过丝绸之路，流传至波斯大秦。而荜茇传来本土系源自波斯，或许连同那款必效的药方，都是绕了一个圈子后的再传。

草包

《楞严经》卷七讲到立道场奉佛，云：取白牛乳，置十六器，乳为煎饼，并诸砂糖、油饼、乳糜、苏合、蜜姜、纯酥、纯蜜；于莲华外，各各十六，围绕华外，以奉诸佛，及大菩萨。每以食时，若在中夜，取蜜半升，用酥三合，坛前别安一小火炉，以兜娄婆香，煎取香水，沐浴其炭，然令猛炽，投是酥蜜，于炎炉内，烧令烟尽，享佛菩萨。

进香奉佛，属佛弟子的功课，道场中不乏旃檀、郁金、苏合、鸡舌诸香，至于这兜娄婆，名字古怪，想来与许多香料一样，该是舶来的罕物。

按照古书的说法，此香果然出产南海扶南交趾诸国，不过由于它的插枝便生，因而岭南一带早已种植。如同许多舶来品一样，此香落地之后，也拥有一个归化的名号，藿香。

作为传统医学的药材，藿香的知名度其实蛮高，甚至它的舶来身份，也早已湮没不闻。这当然得益于从兜娄婆变身而来的本土化芳名。《广雅》云：豆角谓之荚，其叶谓之藿。就蔬菜而言，鲜嫩的豆叶，也和豆荚一样，都是可以食用的。而兜娄婆的叶子，正酷似豆叶，因而得名。说起来，不但兜娄婆，就是这豆叶出身的命名渊源，若非前贤提示，寻常人根本无从知晓。

藿香最著名的药性便是正气。它足以去恶气，助胃气，温中快气，打理风水肿毒，止霍乱心腹痛，开胃口，进饮食，脾胃吐逆为要药。甚至饮酒口臭，用它煎汤漱口，也可以了却口中臭气。前贤说，芳香之气助脾胃，这是藿香之所以禀赋上述功能的关键。香气袭人，又复疗伤，无怪民间有将它装入袋中揣在身上的习俗。无奈的是，藿的豆叶出身，让它终究不脱草莱根性，香草还是草，譬如原本装藿的口袋藿囊，便被轻薄文人调侃为草包。香草美人，本是自屈原大夫滥觞的绚丽文艺传统，居然遭到穷酸如此粗鲁践踏，实在令人发指。

据说藿香的气味与苏合香近似，这该是它能够被我佛器重，入选道场正宗用品的缘故。我佛慈悲，甘于舍身，肯下地狱，却也并不拒绝享用香烟缭绕的氤氲氛围，甚至相当受用。除了《楞严经》，《法华经》《金光明经》等著名经典中也有藿香的身影出没，只是由于梵汉对译的出入，它是以多摩罗跋、钵怛罗等名号现身的，其实不过是兜娄婆的不同标音。这一如羌独、天竺、身毒、贤豆，听起来略不相同，实际都是同一语词被不同时代不同译者拣选不同汉字缔造的音译，唐僧玄奘经过仔细比对，根据当地发音，最后才确认为印度。

作为佛家道场的经典香料，藿香不乏传奇。书上记载，扶南国人言：五香共是一木。其根是旃檀，节是沉香，花是鸡舌，叶是藿香，胶是熏陆。而本草将此五香共作一条，义亦出于此。这是具有宗教色彩的神异之说，不妨担任佛法无边的印证。不过，医家本色的时珍大爷，还是秉承求实传统，以古人乃以合熏香，指证此扶南之说，似涉欺罔。

不二

　　既然别名香草，足见薰草的芬芳气味不但天赋而且昭彰，俨然就是一个门类的不二代言，大约也是香薰立论的根本。

　　薰草的名字见诸《山海经·西山经》，浮山有草，名曰薰草，麻叶而方茎，赤华而黑实，臭如蘼芜，佩之可以已疠。蘼芜是著名的香草，曾经被屈原大夫用来表白自家的人品才气，薰草既然与它为伍，自然身价也就不凡起来。至于佩戴根治瘟疫，当然拜赐于它的气味，这几乎是体味馥郁的草根时常担当的使命，蘼芜不能免俗，薰草也是同样。

　　时珍大爷阐释道：古者烧香草以降神，故曰薰，曰蕙。薰者熏也，蕙者和也。《汉书》云：薰以香自烧，是矣。或云：古人祓除，以此草熏之，故谓之薰，亦通。

　　大爷的阐释属于语源学的探究路数，至于降神和祓除，其实都在仪式范畴之内，甚至降神亦未必不是甚至根本就是为了除灾祈福，不过祓除之以草熏之，一如《山海经》指出的，的确具有某种药理学的道理，因而此说或许更有说服力，而敬神的烧香，则不妨理解为祓除仪式升华的产物。

蕙草也是本香草的一个别名，而另一个别名零陵香也不乏名气。南宋颇富诗名的范成大，曾任广西经略安抚使，所著《桂海虞衡志》中专有《志香》，其中正提到此香，说宜、融等州多有之，土人编以为席荐坐褥，性暖宜人。而作为零陵的永州，却实无此香。

　　对此，大爷的考辨是：零陵旧治在今全州，全乃湘水之源，多生此香，今人呼为广零陵香者，乃真蕙草也。若永州、道州、武冈州，皆零陵属地也。今镇江、丹阳皆莳而刈之，以酒洒制货之，芬香更烈，谓之香草，与兰草同称。《楚辞》云：既滋兰之九畹，又树蕙之百亩。则古人皆栽之矣。

　　物种的分布，其实未必局限一地，所以零陵香不仅出产于零陵，不过零陵之地所产更其正宗大约是不错的，所谓真蕙草是也。零陵作为地名虽然历代所指略有不同，但都跳不出地理脉络的关联。大爷提到以酒洒制芬香更烈，足见其气味适宜酒的催动，而香草的别名在此也得到确认，尽管兰草也分享了这一标杆性的称谓，于是所谓不二，却是不可轻言。而《楚辞》中的诗句，不但印证了本香草与兰草的比肩，更泄露出遥远的栽培学消息。唯其因此，郑樵修《本草》，言兰即蕙，蕙即零陵香，则是因名而惑实，被大爷批为殊欠分明。陶弘景也说，诗书家多用蕙，而竟不知是何草，尚其名而迷其实，皆此类也。大爷则指出，兰草蕙草，乃一类二种耳。也就是说，前人的殊欠分明，也是其来有自，至于陶氏所云诗书家的不知，自令人不免想起圣人吾不如老农老圃的检讨。

　　对此苏颂的说法是，零陵香今湖岭诸州皆有之，多生下湿地，叶如麻，两两相对，茎方，常以七月中旬开花，至香，古云薰草是也。岭南人皆作窑灶，以火炭焙干，令黄色乃佳，江淮间亦有土生者，亦可作香，但不及湖岭者，至枯槁香尤芬薰耳。古方但用薰草，不用零陵香。今合香家及面脂、澡豆诸法皆用之，都下市肆货之甚便。

看来起码在北宋，岭南人对本香草的加工已经成熟到顾及卖相，较之土人的编席荐坐褥，性价比更其高大，而且用途当然不止于降神被除的合香，早已昂然进入面脂澡豆之类百姓日常用品的添加剂队伍，都下市肆货之甚便的记叙，则见出本香草需求的刚性和普遍。而古方的但用薰草，也许意味着零陵香名号的后起。

薰草入药的主治，诸家颇有罗列，大致是：主风邪冲心，明目止泪，疗泄精，去臭恶气，伤寒头痛，上气腰痛；单用治鼻中息肉、鼻齆；得升麻、细辛煎饮，治牙齿肿痛善；茎叶煎酒服，治血气腹胀；妇人浸油饰发，香无以加。而以零陵香之名对症者，主恶气疰心腹痛满，下气，令体香，和诸香作汤丸用，得酒良。

煎酒服和得酒良的说法与前述以酒洒制芬香更烈的描摹颇有呼应，而妇人浸油饰发香无以加的立论，听起来与药材的主治不免游离，此条出自宋朝医官寇宗奭，推详起来，大约发香亦不失为体质的一种迂曲体现吧。

就本香草的药性机理时珍大爷发明道：薰草芳馨，其气辛散上达，故心腹恶气齿痛鼻塞皆用之。脾胃喜芳香，芳香可以养鼻是也。多服作喘，为能耗散真气也。如果说香气开窍尚属常识的话，脾胃喜芳香则是需要进一步普及的传统医学理念，而芳香居然可以养鼻，顿时为妇人浸油饰发以及其他系列妆容的无厘头消耗，提供烧钱滋养的学理口实。倒是肇因于耗散真气的多服作酵，果然是医者仁心仁术的善意提醒，亦不失为滋养口实的限制阀门，所谓过犹不及是也，斯人斯疾，不可不慎。

　　大爷书中本条项下所列附方，罗列诸如伤寒狐惑、头风旋运、梦遗失精种种之外，妇人断产赫然醒目：零陵香为末，酒服二钱。每服至一两，即一年绝孕。盖血闻香即散也。

　　香气干预妇人生养，最经典的case是麝香，宫斗剧将其演绎得神乎其技，其实即便是上品的当门子，也不会闻到就会穿透子宫引发流产，不过日积月累的浸润，则无疑会导致月水稀薄，乃至不能生养，赵飞燕姐妹便是例证。所以大爷才有精辟的警示：非不可用也，但不可过耳。同样的道理自然也适用于本香，所谓服至一两即一年绝孕，便是划清界限的红杠，闻香即散的血气，原是妇人维系生命的根本，真的大意不得。而一年绝孕的精确制导，似乎较之西洋调配这酮那醇的孕激素雌激素缔造出来的避孕药品，更其方便，起码不会有那些令人不适的副作用，倘若属实，不啻为计生药品行业提供具有革命性的路径，值得上升到"遗"与"非遗"的高度发扬光大，切切。

香艳

薄荷归属唇形科，听起来不免有些香艳，尽管冰冷的生物学分类取法的只是它的花冠形态，但本科植物向以富含芳香油而著称，因而其身体散发出来的浓郁香气，倒也似乎为这种香艳提供了扎实的注脚。

薄荷在典籍上原本写作茇葀，以及其他看起来略嫌古怪而一般字库里未必有的冷僻字，因而时珍大爷确认，薄荷乃是讹称。也就是说，原本的正名已然被读白了的俗称所替代。当然，也许所谓的正名和俗称之间，只是方言或者前后时代记音的不同而已。孙思邈的《千金方》则将它写作蕃荷，对此时珍大爷倒是直截将其确认为方音之讹，大约依然不过是方音缔造的不同，讹却是未必的。

大爷对薄荷的描述是：人多栽莳。二月宿根生苗，清明前后分之。方茎赤色，其叶对生，初时形长而头圆，及长则尖。吴越川湖人多以代茶。苏州所莳者，茎小而气芳，江西者稍粗，川蜀者更粗，入药以苏产为胜。《物类相感志》云：凡收薄荷，须隔夜以粪水浇之，雨后乃可刈收，则性凉，不尔不凉也。野生者茎叶气味都相似。

初时头圆及长而尖的描摹，足见大爷观察的细致和行文的生动，而入药的薄荷，鉴于野生品种的不敷用度，早已是栽培的品种，并且更堪充任茶饮。薄荷入药最早见于《唐本草》，其中着意提到它的亦堪生食。自然，作得茶饮，生食乃是必须的。有前贤又说，薄荷同薤作齑食相宜。薤即藠头，它的鳞茎叫作薤白，也是亦食亦药的草本。前贤以为薄荷和它做腌菜最搭，看来薄荷担任食材，不但生鲜亦可腌渍，又做得茶饮，几乎令人忘记了它的香料身份。这也无怪，大爷的书中的确将薄荷名列草部，但却是从前代本草的菜部拆迁移入的，看来在大爷之前，薄荷更是一款名副其实的菜品。不过，前贤在提示本品足以担任腌菜的同时，也强调新病初愈之人不能吃它，否则令人虚汗不止。而瘦弱之人吃多了，也会诱发消渴病。原来这款气味清新的菜品，也不是谁都能消受的。

至于以苏产入药为胜，似乎在于不同水土孕育香气的效力差等，小而气芳，自然比稍粗和更粗含量愈发丰富。苏产的地道传统，至今依然。而收获时节预浇粪水，无非意在催发本药的秉性。但薄荷的气味，诸家的说法略有不同，苦辛之外，或温或平或凉，不一而足。就前贤所云初愈和瘦弱之人勿食慎食本草的提示看来，大约性凉乃至性燥，当是它的根性。

大爷的话，足可证此：薄荷入手太阴、足厥阴，辛能发散，凉能清利，专于消风散热，故头痛头风眼目咽喉口齿诸病，小儿惊热及瘰疬疮疥，为要药。戴原礼氏治猫咬，取其汁涂之有效，盖取其相制也。

所谓治猫咬取其相制，听起来不免雾水。不过前贤于此，早有断言。寇宗奭说，猫食薄荷则醉，物相感尔。陆农师更云：薄荷，猫之酒也。想来前贤着意醉酒的意思应该在于，既然猫吃了都晕菜，猫咬的地方自然也会跟着搞掂吧。作为豢养宠物的副作用，猫的抓咬虽然不及犬的恐怖，但也相当麻烦，不料清凉馥郁的薄荷偏能打理平复，实在是太过芬芳别致的兽药。

有趣的是，除了薄荷，陆前辈还有其他罗列：犬，虎之酒也。桑葚，鸠之酒也。想必说的依然是物性制伏，看来前贤此处所谓的酒，颇有麻醉乃至放倒之意。不过，作为猫酒的薄荷，在一本叫作《食医心镜》的书里提到，薄荷煎豉汤暖酒和饮，煎茶生食，并宜。看来它在人喝酒的case上也是蛮搭的，所以前贤说它盖菜之有益者也——依然是作菜的出身。

除了时珍大爷提纲挈领的药性阐述之外，薄荷也还有许多可以圈点之处。譬如：作菜久食，却肾气，辟邪毒，除劳气，令人口气香洁；捣汁含漱，去舌苔语涩；挼叶塞鼻，止衄血；涂蜂螫蛇伤。

解劳乏，清口气，利口齿，止鼻血，都不妨从大爷所云清风散热找到依据，而涂抹蜂螫蛇伤，则果然与戴老前辈治猫咬大有干系，说物性制伏自然理通，不过是否也是迷倒蜂蛇之类毒物的烈酒就不得而知了。

另有一种胡薄荷，叶圆似钱，引蔓铺地，香如细辛，不见开花，多在宫院寺庙砖砌间出没，也叫地钱或者连钱。苏颂以为它与薄荷相类，但味少甘为别，生江浙间，彼人多以作茶饮之，俗呼新罗薄荷。大爷则以为乃薄荷蔓生者尔。

新罗薄荷的称谓，有点高丽参的味道，冠名为胡，想来或是外来物种也未可知。大爷虽然将其归为薄荷的蔓生品种，但还是将其定名为本经的积雪草，单独列目，名下功效除了有前贤提到的单服疗女子小腹疼，主治依然在于清风除热，与薄荷大同小异，包括作茶饮之和充生菜食之。

尤物·慧婢

　　五月端午，民间一向有纪念屈原大夫投江汨罗的传说，同时又有采艾以为人，悬门户上，以禳毒气，用艾作虎，戴以辟邪的种种习俗。作为伟大的诗人，屈原的《离骚》称之为不朽典范，是毋庸置疑的，香草美人的文学传统，也拜他老人家所奠定。不出所料，在这篇布满花卉芳名的诗作中，果然有他忌日里出没于家家户户的艾蒿："户服艾以盈要兮，谓幽兰其不可佩。""何昔日之芳草兮，今直为此萧艾也。"

　　盈要就是满腰，萧艾就是艾蒿。不难看出，《离骚》里的艾草，是与芳草相对的负面形象，旧注说它是贱草，更有注本称之为恶草。既然与芳草对称，贱草恶草应该都是气味上的输家。虽云输家，却未必无用。比《离骚》更早的《诗》三百中，也有艾的身影，《王风·采葛》云：

　　　　彼采葛兮
　　　　一日不见
　　　　如三月兮

彼采萧兮

一日不见

如三秋兮

彼采艾兮

一日不见

如三岁兮

　　一日不见，如三秋兮，后来成为思念名句，而铺垫思念的采葛采萧采艾，则无疑属于服务生活的劳动。葛用来织布。萧旧注说它是荻蒿，可以作烛，有香气，古人用以祭祀。艾则用来治病疗疾。这样看来，萧艾又未必是一种东西。而且萧有香气，供应祭祀，批为贱草乃至恶草，便有些鲁莽。其实艾的气味，也属芬芳。萧艾遭到摒弃，或许在于屈原大夫对芳草的验身，秉持一种非同寻常近乎洁癖的意识，一如他对美德的热烈求索。

　　至于毛诗的旧注，更多从功能出发，仅仅在意艾的治病疗疾。然而即使仅此，它便不输于芳草，或者说极有用处亦不为过。屈大夫的诗篇里说到"户服艾以盈要"，或许在他生活的时代，后来端午节采集艾草襄毒辟邪乃至却鬼镇恶的习俗便已经存在。其实，毒邪鬼恶之类，不过是前科技时代对疾病毒虫的一种笼统指代，端午时节，天气燥热，疾病瘟疫易起，毒虫繁衍滋生，而群众性的采集悬挂佩戴气味浓郁的艾草，不论祛病避疫还是驱虫，都应该是公共卫生领域的有益活动。其实，西洋医学的药理研究已经表明，艾叶是不折不扣的广谱抗菌抗病毒药物，能抑制杀伤诸多病毒和细菌，于呼吸系统疾病亦有所防治。

艾叶生长于田野，本草经里甚至都没有标明产地，可见它的无所不在，处处有之。不过宋朝时以汤阴和四明所产为佳，明代成化之后，则以蕲州出产为最好，并且成为贡品，天下推重，称为蕲艾。据说用别处产的艾烧烤酒坛，许久也烧不透，用蕲艾一烧便透彻，足见它盛名不虚。

初春时节，艾草生苗成丛，白茎直生，其叶四布，面青背白，有茸而柔厚。有意味的是，作为药品的艾草，采集正在五月五日，连茎刈取，暴干收叶。药用的艾叶，须用陈久。修治到细软，称为熟艾，如果是生艾，就会伤人筋脉。所以孟子才有"七年之病求三年之艾"的说法。至于修治的方法，时珍大爷写道：拣取净叶，扬去尘屑，入石臼内木杵捣熟，罗去渣滓，取白者再捣，至柔烂如绵为度。此时得到的淡黄色洁净细柔之物，便是传说中的艾绒了。

如你所知，艾之成为传统医学药品，主要用于火灸。作为与针砭齐名的火灸，其实是传统医学中相当重要的组成部分。中医一向强调经脉理论，而针灸其实正是这种理论最具象的标本。据说《左传》指出病入膏肓的医缓，所谓"攻之不可"的"攻"，便是说的火灸，起源该说早到足够骄傲。而被历代奉为经典的《黄帝内经》，其中绝大部分篇幅，正是讨论针灸之基础理论。针灸先后被传到朝鲜日本以及欧洲，但在它的发祥地，却遭遇悲摧。清代的风气，重药轻针，针灸盛况不再。更要命的是，道光朝竟以"针刺火灸，究非奉君之所宜"的吊诡理由，将太医院针灸科永远关闭。统治阶级的思想永远是统治思想，所谓上行下效，可以想见，此举对针灸的剧烈重创。而倡导赛先生的民国，传统医学整体遭到偏执性的限制和排斥，伟大如鲁迅，亦不能免俗，此时的针灸，更是沦落到半合法的状态。

当然，时珍大爷的时代，火灸正当兴盛，所以艾除了现身民间习俗，还拥有无可争议的药用地位，大爷的父亲便曾为蕲艾作传，并谱写赞歌云：产于山阳，采以端午。治病灸疾，功非小补。

作为灸的主要材料，或者艾绒堆成的艾炷，或者卷裹艾绒的艾条，从理论上讲，艾可以打理百病。所谓本无一症不可治，艾之大用，惟此最多。艾叶本身含有挥发油等成分，千锤万捣变身艾绒后，成为既容易燃烧又热力温和，足以穿透皮肤直达深部的尤物，偏又价廉而量足，宛如善解人意无所欲求的家生慧婢，不由人不怜爱。

此之外，艾叶生用捣汁，熟用煎汤，都可入药服下，主治吐血下痢，霍乱转筋，止伤血，止崩血，治带下，生肌肉，辟风寒，杀蛔虫，使人有子，安胎，几乎是辗转腾挪的多面手，尤其调治妇人诸病，更是别有体贴。原来尤物移人未必作祟，慧婢可人嘘寒问暖，女人并不一定难为女人，甚而女人方才体恤女人也未可知呢。说来有趣，艾之为词，又有美色之意，即孟子所谓知好色则慕少艾。原来艾之为艾，自是渊源有自。

药食同源的道理，在艾的身上同样颠扑不破。前贤说，春月采嫩艾作菜食，或和面作馄饨如弹子，吞三五枚，以饭压之，治一切鬼恶气，长服止冷痢。又以嫩艾作干饼子，用生姜煎服，止泻痢及产后泻血，甚妙。不过，艾性至热，不可妄服，正如大爷所云：夫药以治病，中病则止。此不可不慎也。

野蛮生长

北京城广安门外有处地方叫马连道，大约金中都时期便已存在。有掌故癖的人喜欢追究地名由来，鉴于马是牲畜行的名角，于是有人将其归于动物题材，尽管由马领衔后的部分语焉不详。其实地名从来不是写出来而是叫出来的，马连道的马连，实在就是马莲，更通行的名字叫马蔺，又写作马棣，马荔，实际都是一声之转。传说早年间此地生长着繁茂的马莲，因此得名。这样的取法，一如椿树胡同，枣林街，花椒地，以及金代北京城水源的莲花池，都是拿最具标识性的物象作地标，让人一听就明白。至于马连后缀的道，自然可以作街道解，不过或许更与水道有关，北京城内许多街道其实都和水道有关。

作为多年生的草本，马蔺是鸢尾科植物的代表种，根茎粗壮，须根坚韧稠密，丛生的叶片长条伸展，或者宛如剑器，花朵蓝紫色，禀赋本科著称的观赏性，结出的蒴果一如纺锤，只是多出了几道棱，且顶端尖锐，仿佛鸟儿的短喙。时珍大爷对它的描述是：生荒野中，就地丛生，一本二三十茎，苗高三四尺，叶中抽茎，开花结实。

　　大约是拜赐于发达的根系，马蔺的适应性强悍，此身安处即故乡，分布极其广泛，高温寒冷干旱水涝盐碱乃至践踏都奈何它不得，身体里分泌的吊诡物质不但令虫豸不敢近身，就连鼠辈也避之不及，真正是野蛮生长。大西北罗布泊无人区，楼兰古国遗址畔，荒沙弥漫的不毛之地，却有马蔺草摇曳着花朵，顽强地展示着生命。

　　不过，在传统医学看来，本草身上最可看重的药用部位乃是果实，于是药行里直呼它蠡实。蠡实就是荔实，《礼记·月令》云：仲冬荔挺出。蠡与荔蔺楝莲，如前所述，音声上一脉而通。有小学家由此又以荔挺为名，又衍作马苋，实在一误再误也。这样看来，将马莲之马错会为大牲畜之类的望文生义，并非孤例，而且古已有之。至于马莲以及马蔺马楝马荔中的马，原本训大，俗称大为马，譬如蚂蚁本作马蚁，所谓蚁之大者也。

　　被药行看重的蠡实，形状并不规则，棕褐色而略有光泽，模样毫不起眼。气味归为甘，平，无毒。主治的项目倒是颇多：皮肤寒热，风寒湿痹，妇人血气烦闷，产后血运，并经脉不止，崩中带下。坚筋骨，令人嗜食，长肌肉肥大。久服轻身。疗金疮痈肿，消一切疮疖，止鼻衄吐血，利大小便，通小肠，消酒毒，治黄病，杀蕈毒，傅蛇虫咬。治小腹疝痛，腹内冷积，水痢诸病。

　　这番看起来眼花缭乱的功效，仿佛无所不料理，其实大要在于除湿热，止血，解毒。内中所谓令人嗜食及长肌肉肥大，虽然和通小肠有些干系，但今天人看来，貌似致病而非治病。其实，温饱不足的短缺经济时代，记忆并不久远，吃不饱饭或曰长期饥饿，才是诸病的祸根，而嗜食和肥大，正是破除该病患之要害所在，所谓吃饱才是硬道理。

作为一株植物的部件，本草的花、茎及根、叶，其实都作得药材，去白虫，疗喉痹，主痈疽恶疮，只是不宜多服，否则令人溏泄。《列仙传》记载，有寇先生好种荔，食其葩实，正是说的花实并食。仙人吃的，总是益人，亦验证久服轻身的说法。笔记上说，北方田野人患胸腹饱胀者，取马楝花擂凉水服，即泄数行而愈。这不但印证花的令人溏泄，也与实的利大小便通小肠呼应。

本草另有个别名叫作马帚，这里的马却直指大牲口，因为本草安身立命的发达根系，宛如伞状分布，长度甚至可达一米以上，实在是天生做刷子的材料，尤其适合做马刷。河南河北人更叫它铁扫帚。明朝人作诗咏叹道：不为人所贵，独取其根长。为帚或为拂，用之材亦良。依照此诗所言，似乎本草的功用只在于为帚为拂的根长，持论未免偏执。同样不可以偏执的是，语言的意义向来是多重而复杂的，譬如马帚之马，如果一定要作大讲，也未尝说不通的。

马帚或曰铁扫帚入药，倒也颇有可观。譬如，睡死不寤，用蠡实根一握，杵烂，以水绞汁，稍稍灌之。面上瘢靥，取铁扫帚，地上自落叶，并子，煎汤频洗，数次自消。看来本帚不但刷得畜生，扫得落叶，拂得尘埃，更兼睡魔疤痕赘疣等，统统收拾得干净。

本草的叶子，向称坚韧，除了入药，更可造纸作绳编织。有前贤以为亦可作蔬菜食用，但另有前贤以为其叶出土已硬，又无味，马牛皆不食，岂堪人食。但《救荒本草》上朗朗写着：其嫩苗味苦，炸熟换水，浸去苦味，油盐调食。本草气味归之为甘，不料此处却描摹为味苦。好在浸去苦味，油盐调拌，仍堪食用。如此则食用并非不可，只是须趁鲜嫩。而食材既然做得，饲料自然也做得，据说绵羊便十分爱吃。

恶名声

旧时江湖上有一等人物，选个热闹去处，拉开场子，比划些枪棒，然后托出盘子，向围观的众人兜揽卖药。《水浒》里，渭州城史大郎鲁提辖遇见的打虎将李忠，揭阳镇宋公明和押送公人碰到的病大虫薛永，都是这般使枪棒卖药度日的，他们的衣饭，主要来自筋重膏之类膏药的销售，以及看热闹的人给的赏钱。老北京天桥耍把式卖艺的，也有类似的路数，其中卖大力丸的，听起来似乎更有些名目，起码在声态效果上，文绉绉的筋重膏便远不如直通通的大力丸更具世俗杀伤力。至于那卖家，虽然亮出一身横肉，可是否能像李忠薛永那样真有些拳脚本事，便不好说了。

壮汉卖大力丸，如同牙口好的人代言牙膏，以及身材好的人做瘦身广告，都是意在用根本不搭界的假象迷惑乃至欺骗。但似乎真的有所谓大力丸的配方，罗列的尽是些人参枸杞茯苓肉苁蓉之类号称培植男人能力的名贵药材，此处所谓大力，已然并非膂力，而是欲言不言含糊暧昧的别有所指。

时珍大爷的书里，居然真有一款名为大力的药材。有趣的是，该药材彪炳列目的官称居然叫作恶实，听起来颇有点昭彰的坏名声。当然，它在当下更为著名的称号，还是牛蒡。

时珍大爷正名道：其实状恶而多刺钩，故名。其根叶皆可食，人呼为牛菜，术人隐之，呼为大力也。俚人谓之便牵牛。河南人呼为夜叉头。

原来本药真的因果实状貌丑陋多刺而博得恶名声。不过，栗子一般的子壳上攒簇而生着钩刺，一身毛皮的老鼠经过，总会被粘缀牵扯，不能挣脱，于是有鼠粘的别称。这样的粘连牵缀，不但鼠辈，其实人也会心生嫌恶，不愿招惹，所以本药冠名的所谓恶，或许于此更其着意。牛蒡之名大约来自牛菜，而牛的取法，却是不详。而所谓隐之而呼为大力，则无疑指认的牛。作为著名的家畜，几千年前牛被人类驯化，初衷便是役用，所以它很方便担任力量的化身。至于夜叉，佛家本指恶鬼，引申的譬喻也不脱相貌丑陋面目凶恶，河南人拿来命名该药，倒是与其本名的恶实颇颇切合。

尽管名声坏掉，但作为一款入口之物，恶实或曰牛蒡，却并不招人讨厌。据说古人专门辟出肥沃的土地栽培它，长出的鲜嫩苗叶被剪下当作蔬菜，而大如臂膊尺把来长的粗根，则或作菜茹，或煮熟晒干作脯，据说相当滋养人，不过到时珍大爷的时代，已经不大有人吃它了。说来吊诡，人类对食物的兴趣，仿佛穿戴衣裳，风气总是游移变化，多好的东西也未必能一直遭到追捧，这大约与人喜新厌旧不能专一的天性，大有关涉。

七月采子，十月采根，入药的牛蒡和作菜作脯略有不同，而气味项下，子与根茎也不尽相同，前者辛、平，后者苦、寒。虽然恶名在身，但却并无毒性。论到主治，前者明目补中，除诸风，去丹石毒，利腰脚，出痈疽头，消斑疹毒，通利小便，润肺散气。相比之下，后者的主治似乎更其斐然：伤寒寒热，中风面肿，消渴热中，久服轻身耐老。作脯食甚良的根，更主牙齿痛，劳疟诸风，咳嗽伤肺，冷气积血，面目烦闷，四肢不健，洗五脏恶气。浸酒服用，去风及恶疮；和叶捣碎，傅杖疮金疮，永不畏风。可常作菜食，令人身轻。切根如豆，拌面作饭食，消胀壅。茎叶则可煮汁作浴汤，去皮间习习如虫行的刁钻病症。

岳武穆麾下有一郑姓中丞，热腾腾吃了一顿肉，不料中了暴风。外甥卢氏闻知，立刻献上一方，中丞服下，当时痊愈。中风乃是不可逆料的常见病，此方如此神效，令人忍俊不禁，不能不自大爷著作中如实文抄：用紧细牛蒡根，取时避风，以竹刀或荆刀刮去土，生布拭了，捣绞取汁一大升，和好蜜四大合，温分两服，得汗出便瘥。

羊负来or道人头

一向说龙生九子，虽不成龙，却也各有所好，其中胡琴头上的囚牛、刀剑吞口的睚眦、佛座骑象的狻猊、牢狱门户的狴犴，都是非比寻常的异兽。自诩真龙天子的皇帝，产下的儿子们，虽然的确有九子夺嫡的政治诉求，但坐江山的终归只有一个，其余的毕竟成不得龙，再加上禀赋的不同，各有所好几乎必然。

话说洪武皇帝的五儿子，虽然不是九五之尊，却有天下之忧。他体察底层疾苦，感念旱涝民饥，于是咨访野老田夫，以救荒为根本，收集四百多种根苗花实可以备荒果腹的草木，描摹其图形，归结其出产形状食法，撰成《救荒本草》，刊刻传布，以方便遭遇灾年荒岁的百姓，按图求索，如法采食，庶几可以活命。虽然传统观念以为，政治清明必然带来风调雨顺，但水旱虫涝，如同帝王的昏聩，终究难免，于是五王爷的书真的有用，不但本土百姓颇颇受益，甚至流传异域，博得不少赞誉。

本书卷十有云，苍耳叶青白，类黏糊菜叶。秋间结实，比桑葚短小而多刺。嫩苗炸熟，水浸淘拌食，可救饥。其子炒去皮，研为面，可作烧饼食，亦可熬油点灯。苗实皆可食用，作菜复作粮，还能熬油照明，苍耳算得上是一款左右逢源的野物了。

其实早在《诗经》时期，本野物便已名标经典，只是动用的是它的别称卷耳。《卷耳》是《周南》里的怀人名篇，尽管其中的主语飘忽不定，引发后世聚讼，但一唱三叹的回桓，果然被称为古今闺思之祖。诚然，采集卷耳的人是否和使用金罍兕觥之类贵族酒器的人阶级相同，也是本篇留下的悬疑。

从"采采卷耳，不盈顷筐"的名句分析，足见其早已被纳入人类日常生活用品的行列，而未必非要等到灾年荒岁才肯采集。至于是菜是药，两造皆有可能，倒不必太过追究。陶弘景说，伧人皆食之，谓之常思菜。苏颂则说，可煮为茹，滑而少味。按照这些描述，此物似乎味道粗鄙，底层方才肯吃，倒颇为符合救荒品种的身份。《淮南子》也有位贱尚枲的说法，枲又作胡枲，是苍耳的又一个别名。至于所谓常思，固然可以诠释为底层百姓日常思念的当家菜，但时珍大爷却以诗人思夫赋卷耳之章作解。

《博物志》记载，洛中有人驱羊入蜀，胡枲子多刺，粘缀羊毛，遂至中土，故名羊负来。俗呼为道人头。胡枲之枲，时珍大爷以为，是因其叶形如枲麻而得名。而所谓胡，既然与中土对称，所指自是域外。当然，古人所谓的胡，其实不过是宽泛意义上的北方，也就是说，古人的域外，今天看来更多是地理概念而非领土区划。依《博物志》的说法，名列三百篇的卷耳，却是并非本生的舶来。当然，其所由来，不是水路的舟船，而是羊群的负来。羊洋谐音，倒是暗暗应和了域外的背景。

不过，传入的起始，同样也另有说法，譬如《图经本草》便有此物本生蜀中，因羊毛粘缀，遂至中土的说法。同样都是羊负来，起点终点却可以对调。相对而言可以确认的是，周南本是洛阳以南，与洛中以及《救荒本草》所依托的开封，地理倒属一脉。只是起始的相反，却是决定此物究竟输入输出的要紧，以华夏本位而言，周南之地早已吟咏的野物，到底是本土移植外放抑或洋夷输入归化，的确是政治是否正确的大问题。即便撇开夷夏之辨，上述的狐疑，推详起来，或许其间渠道多端，或者本非一物，个中纠结，只好留待博物之士考据了。不过，本野物的另一称谓耳珰，虽然是将果实的外貌譬况首饰的写真，却不免为《诗序》阐释《卷耳》乃后妃之志，提供某种身份认同。

正如《博物志》所描述的，苍耳卵形的果实，表面布满钩状刺毛，如此狰狞的本意，除了保护作用之外，正是借此粘连牵挂，附着于动物身体之上，传播繁殖，这是该野物绵延子嗣的良苦机心。而民间俗呼的道人头，揣测起来，自不免或许也是道冠外貌的形似描摹，类似的还有本物别称的猪耳云云，所谓见仁见智，富豪贵族看见首饰，劳工劳农自然不妨看见畜生的耳朵，以及游方乞食出家人的行头。

有人以为卷耳苍耳并非一物，《本草纲目》和《齐民要术》乃混而为一。其中理由之一便是苍耳的幼苗和果实都有毒。本经气味项下，则只是提示有小毒。苏恭以为本物忌猪肉、马肉、米泔，果实项下更赫然写明害人。时珍大爷说，苍耳叶久服去风热有效，最忌猪肉及风邪，犯之则遍身发出赤丹也。如此，起码在大爷看来，本物的毒性，乃在于触犯了禁忌方才发作。

至于本物的主治，果实项下是风头寒痛，风湿周痹，四肢拘挛痛，恶肉死肌，瘰疬疥癣及瘙痒，久服益气，耳目聪明，强志轻身。茎叶项下则是中风伤寒头痛，大风癫痫，头风湿痹，除诸毒螫，久服益气，耳目聪明，轻身强志。虽然略有出入，但功效大抵相同。

陈藏器有方云：嗜酒不已，用毡中苍耳子七枚，烧灰投酒中饮之，即不嗜。酒是极富披靡力的饮品，沉溺其中者良多，用几枚苍耳子烧成灰投入酒中，感觉像是暗算的下药，不料竟然奏效，想来此方最适用的便是嗜之成癖而不肯戒掉的酒鬼。要紧的是那几枚苍耳子的来历，钩刺既然可以黏附羊毛，用羊毛轧成的毡子里自然难免有拾掇不净的孑遗，这样的孑遗居然禀赋了令酒徒洗心革面的奇异效力，原来制作不精细却可以埋伏下如许吊诡后遗，为保障此神药原料不匮乏计，正不妨擀毡之前，着意抛洒些个才是。

玄机

被哲学家标榜为能够思考的芦苇，开花时的确拥有一颗貌似智慧的披散大头，纤长的茎秆，骨节上短下长，风雨袭来，不免承受不住那颗大头，一副失重的样子，因而随风摇动，在所难免，诗人所谓"摧折不自守，秋风吹若何""白花可为絮，长干须人扶"是也。这样的情景，酸楚的文艺腔描摹为风姿绰约的摇曳，冷面的直截则批为缺乏根柢，于是便有了那副著名的对子：墙上芦苇，头重脚轻根底浅；山间竹笋，嘴尖皮厚腹中空。这副对子因为曾被毛泽东主席引用而广为人知。

依水而生的芦苇，进入文艺的历史实在可以追溯到《诗经》时代，著名的情诗《蒹葭》，反复咏叹的正是本草。至于蒹葭之于芦苇的意义，按照经学家的解释，苇之初生曰葭，未秀曰芦，长成曰苇。苇者，伟大也。芦者，色卢黑也。葭者，嘉美也。这便是初民作品的症结，固然是好诗，遣词用句却太有历史感，倘若没有前贤的诠释，简直无从入手，这样的诗作，读起来自然艰深，玩味的情致也会多有阻隔。

如此症结，到了随性的宋人手里，顿时豁然而解，譬如才子苏东坡便有宛如白描的生动呈示：芦笋初似竹，稍开叶如蒲。方春节抱甲，渐老根生须。不爱当夏绿，爱此及秋枯。黄叶倒风雨，白花摇江湖。江湖不可到，移植苦勤劬。安得双野鸭，飞来成画图。

相形之下，医道中人的描摹则略略少了些情致。苏颂说：今在处有之，生下湿陂泽中。其状都似竹，而叶抱茎生，无枝。花白作穗若茅花。根亦若竹根而节疏。其根取水底味甘辛者。其露出及浮水中者，并不堪用。

身形高大的芦苇，茎秆直立，中空有节，内有薄膜，表面光滑，叶鞘抱茎，成片生长于池沼河畔湖边。芦苇荡是它最常示人的标识，当年奔命的伍子胥，疑心为他回家取饭的渔父，便潜身其中，及至听到送饭来的渔父再三呼唤“芦中人”，方才将信将疑地现身。后起的样板戏中，“芦花放，稻谷香”，也是一时传唱的名句，此句出自汪曾祺先生，不愧其文人本色。

至于那层薄膜，古人称之为葭莩，可以作笛膜。据说笛和箫在唐代横吹竖吹并不太严格，二者的主要区别，还是在于笛膜能使音色清亮。说起来，那层膜虽然薄，却终究是隔，于是葭莩作为文辞，惯常用来譬喻关系疏远的亲戚。

禾本科多年生的芦苇植株能够高大，和它地下发达的匍匐根状茎大有干系，也是它繁殖的主导，横走的根状茎纵横交错，足以形成致密的网络，甚至在水面上构成丰厚的根状茎层，并且居然可以承载人畜的行走。从苏颂的描述中可以知道，水底的芦根味道甘辛，自然足堪食用以及药用，而露在水面以及漂浮水中的，都不能用。讨论炮制的雷斆，则有更细致的限定：芦根须要逆水生，并黄泡肥厚者，去须节并赤黄皮用。

芦根当然是芦苇入药的根本，味甘性寒的它，主治消渴客热，止小便利，解大热，开胃，疗反胃呕逆不下食，胃中热，伤寒内热，弥良。此外，寒热时疾烦闷，泻痢人渴，孕妇心热，也能通通料理。

淡红肉嫩的芦芽，是著名的时鲜。东坡老亦曾有诗云：竹外桃花三两枝，春江水暖鸭先知。蒌蒿满地芦芽短，正是河豚欲上时。此诗原本是题画之作，而描摹江南仲春景色颇具意境，后人传颂，大多将其目为实景的写照。王渔洋曾指出，此诗非但风韵之妙，盖河豚食蒿芦则肥，实在是无一字泛设也。

河豚在生物学的描述中，主食贝类虾蟹小鱼，渔洋山人所云食蒿芦则肥，不知所本，但从典籍意义讲，东坡老用此，自是博物。其实，东坡老此诗的博物玄机还不止于此。按照小学家的考据，生于水边的蒌蒿，初生的根芽，香脆可口，江东人用它烹鱼。如你所知，河豚是出于海又进入江河的知名鱼种，传说它的味道极其鲜美，不过它的内脏和血液有剧毒，必须去除干净方可享用，因而非行家不敢轻作料理，于是有拼死吃河豚的口号。最妙的是，小学家们友情提示，口感爽脆的芦芽，正可破解河豚之毒。

翻检时珍大爷的著作，芦笋条主治栏中，膈间客热，止渴，利小便之外，果然赫然写明解河豚及诸鱼蟹毒，解诸肉毒。如此一来，顿时为那些贪恋口腹之欲的老饕们，布下一道既可口又生态的救命定心药丸。

芦苇的茎叶，除了前述的诸般花色，也还不乏其他。譬如当其鲜嫩时，富含蛋白质和糖分，既然人吃得，畜生们自然也吃得，因而它是优质的饲料和牧草。至于成熟后的苇秆，质地细腻，纤维丰富，是上等的编织材料，当年父亲早死的玄德公和母亲贩履织席为生，想来是要用到它的。

诚然，如此优质的材料，芦席只不过是苇秆编织枚举的其一罢了，其他如造茅屋，充柴薪，实在不一而足。时珍大爷便说，古方煎药多用陈芦火，就是取其火不盛也。而芦火竹火条下，更直言其宜煎一切滋补药。至于其中的道理，大爷说：凡服汤药，虽品物专精，修治如法，而煎药者鲁莽造次，水火不良，火候失度，则药亦无功。观夫茶味之美恶，饭味之甘馏，皆系于水火烹饪之得失，即可推矣。是以煎药须用小心老成人，以深罐密封，新水活火，先武后文，如法服之，未有不效者。火用陈芦、枯竹，取其不强，不损药力也。桑柴火取其能助药力，栎炭取其力慢，栎炭取其力紧。温养用糠及马屎、牛屎者，取其缓而能使药力匀遍也。一向说中药的效力欠奉，仅一个煎药便有如许讲究，却被许多鲁莽马虎之人含混造次了，更何况其他。

论到入药，气味甘寒无毒的芦苇茎叶，则主治霍乱呕逆，肺痈烦热，痈疽。烧灰淋叶，煎膏，蚀恶肉，去黑子。最妙的是陈藏器所云：江中采出芦，令夫妇和同，用之有法。至于如何有法，则语焉不详，只好让天下夫妇去纵情遐想了。

至于入药的道理，时珍大爷以为，芦中空虚，故能入心肺，治上焦虚热。这样的道理不免有些医者意也的玄虚，或许的确具备如彼的功效，但却未必便是如此简单的机理，传统医学所以遭到鲁迅先生们的诟病，类似的以为不能不是其中的死穴。

烧灰貌似外用，其实并不止于煎膏蚀恶肉去黑子，譬如吐血不止，《圣惠方》载：芦荻外皮烧灰，勿令白，为末，入蚌粉少许，研匀，麦门冬汤服一二钱，三服可救一人。吐血即便在号称科技昌明的当下，依然是令人胆寒的危急征候，此方虽然配伍简略，却标榜三服可救一人，倘若属实，值得有心人抄录下来，藏之枕底，以备不虞。

芦花本是芦苇借助风媒传播种子的生理设置，而其花絮漫天飞舞，宛如细雪的景致，文艺自是不肯放过，骚客诗人多有咏叹。而芦花把来絮衣填枕，则是一种惠而不费的生态利用，不过就芦花的质地而言，填枕也就罢了，絮衣则不免菲薄，御寒自然远不及棉，更遑论裘皮。著名的孝子故事，闵子骞的后娘，给两个亲生儿子的冬衣絮的是棉花，给他絮的则是芦花。父亲知道后要休掉后娘，闵子骞劝道：母在一子单，母去三子寒。结局自然是后娘幡然悔悟，视其如己出。闵子骞便是闵损，孔子的弟子，与颜渊冉伯牛等以德行著称，孔子甚至专门以"孝哉闵子骞"夸赞他，看来他的孝子本色是不会错的，不过后世为了方便他的孝道口耳流传，就难免有所演绎了，这也是孝子故事的通病，有些甚至不乏残酷，于是鲁迅先生有不敢作孝子之叹。

禀赋如许故实的芦花，也不妨引为药材，主治的科目，居然是病势凶险的霍乱，苏恭说水煮浓汁服，大验。看来竟是一味力道不俗的利药。同是煮汁，苏颂则看重它解中鱼蟹毒，与芦笋遥相呼应。时珍大爷补充说，烧灰吹鼻，止衄血，亦入崩中药，这又和茎叶烧灰料理吐血，异取而同功。

天生腐败

东汉的王充，目光犀利，写了一本"疾虚妄"的《论衡》，一向被当作破除迷信的范本。他以为，世俗的许多忌讳，原意不过劝人为善，使人重慎，其实并没有什么鬼神之害，凶丑之祸，而种种忌讳之所以托之鬼神，设以死亡，不过是如此一来，世人方才信服。

用这样的眼光打量民间禁忌，许多所谓迷信不免豁然开朗。生活需要智慧，发现这些智慧的老祖宗，自然要不惮烦地将其告诫后来之人。只是言者谆谆，往往听者藐藐，世间人喜欢谎言乃至妖言总是多过箴言。有鉴于此，老祖宗们只好投其所好，顺势而为，将原本直白朴实的道理，不得已绕个弯子，披挂上一袭神秘大氅，用吉凶祸福裹挟劝善重慎，终于将日积月累的智慧箴言，以曲折拧巴的形态，传承下来，真的是用心良苦。

譬如，作豆酱恶闻雷，或曰雷不作酱，据说不然的话，会令人腹内雷鸣，所以这样的酱没人敢吃。尽管腹内雷鸣听起来更富戏剧性而缺乏不祥色彩，却也的确有些鬼神作祟的模样。

王老师对本条忌讳的情理解释是，想让作酱的人抓紧干活，不要让作酱的豆子堆积到来年春天。当然，检讨起来，或许其中的深意不止于此，譬如气温于作酱的影响，食材的及时利用，都不妨附着其上，愈发增益其颠扑不破的寓意。

作为发酵而来的调味品，酱很早就被用于烹饪，但其年深日久之后散发出来的陈败气味，却颇颇令人不快，因而酱缸在民俗语系中属于负面修辞。然而，这样的气味记忆实在深入人心，于是在老祖宗那里，又不妨挪来担任描摹生态的品种标识，于是一枚不小心禀赋如此嗅味的草本，便被硬生生派作败酱。

败酱草身上散发的陈败气味，绝非年月或者贮存技术所致，而是生来便是如此，也就是说，它的腐败是天生的。陶弘景说它根作陈败豆酱气，故以为名。时珍大爷描述：南人采嫩者，暴蒸作菜食，味微苦而有陈酱气，故又名苦菜。处处原野有之，野人食之，江东人每采收储焉。春初生苗，深冬始凋。初时叶布地生，似菘菜叶而狭长，有锯齿，绿色，面深背浅。夏秋茎高二三尺而柔弱，数寸一节。节间生叶，四散如伞。颠顶开白花成簇，结小实成簇，其根白紫，颇似柴胡。

发酵的味道一向是饮食所好，于是腐败的气味并不能阻碍败酱草被野人乃至江东人引为菜食，甚至苦菜这样的低贱名声，反而会让食性广谱的南人吃起来愈发没有心理障碍。而春初生苗，深冬始凋的习性，不但令其平添看家菜品的绵延底气，更于潜移默化中，培植出松柏一般长青不衰的傲人品格，名败而实不败，偏生争得一口闲气。

闲气不止于此，菜品的定位完全不能影响本草进入药材领域后的强劲辐射力。时珍大爷断言，败酱乃手足阳明厥阴药也。善排脓破血，故仲景治痈及古方妇人科皆用之。乃易得之物，而后人不知用，盖未遇识者耳。

容易得到的往往被看贱被忽略，看来起码在大爷的时代，本草的药用并未引起足够的重视，颇有些怀才不遇的境况。而本草的主治，则的确可人：暴热火疮赤气，疥瘙疽痔，马鞍热气，除痈肿浮肿结热，风痹不足，产后腹痛，破多年凝血，能化脓为水，产后诸病，止腹痛，治血气心腹痛，破症结，催生落胞，血运鼻衄吐血，赤白带下，赤眼障膜胬肉，聍耳，疮疖疥癣丹毒，排脓补瘘。

检讨起来，本草名号上的败，居然不止于气味的陈败，于毒于脓于肿于疮于症于凝于痛于癣，统统足以破败，败绩相当斐然，真的不愧其名。而处处生长，春生冬凋，唾手可得，寻常习见，却又当得如许重任，仿佛埋没于草莱中的璞玉，空有一身本事，却遭际世人不识，无怪大爷有未遇之叹也。

常　在

　　著名的板蓝根，并未见诸《本草纲目》的条目，而在第
十六卷"隰草类"的"蓝"下，讨论蓝之品种时，时珍大爷才
说道："马蓝，叶如苦荬，即郭璞所谓大叶冬蓝，俗中所谓板
蓝者。"

　　说起来，蓝作为植物，古人最注重的，其实是染料，这
也正是蓝色的由来。不过严格地说，只有蓼蓝的茎叶才是靛青
的正宗。《礼记·月令》专门提到，仲夏之月，不许百姓采割
蓝。蓼蓝五六月方才开花，禁止采割，为的是有所养护，不要
伤了长养之气。蓼蓝一年可以采割三次，圣贤将如此琐碎的事
情写进经书，体现的是对自然不可竭泽而渔的绿色理念。至于
小学家由此生发，以为"蓝"字的部首从监，正在于体现先王
的禁令，则不免堕入右文的泛滥，说到底，"监"终究还是表
白读音的声旁。

　　蓝入经典，还不止于此。《诗·小雅·采绿》云："终朝
采蓝，不盈一襜。"整个早晨都采不满一围裙，看来染料也不
是那么容易得到的。当然，本篇写妇人思念夫君，采得不多也

不妨理解为劳动时心有旁骛，不够专心。

按照时珍大爷的说法，蓝分蓼蓝、菘蓝、马蓝、吴蓝、木蓝五种。论到入药，虽然各有主治，但大略而言，尽管诸蓝形貌不同，而性味却相去不远，都能解毒除热，内中只有木蓝叶，效力略差，而蓝子也就是蓝实，则必须专用蓼蓝。

从生物的分类而言，上述诸蓝其实归属不同，譬如蓼蓝是蓼科，菘蓝是十字花科，马蓝是爵床科，木蓝是豆科。但作为染料，它们却殊途而同归。鉴于它们的性味相去不远，郎中们也不惮烦再做琐碎区别，甚至时珍大爷对板蓝的界定，在炮制的作坊里，也不屑遵循，大略除了木蓝之外，其他诸蓝的根，都囫囵作了板蓝根。这情形一如宫里面女人的局面，虽然妃嫔贵人常在答应都尊皇后为六宫之首，但从人伦出发，她们都无疑是皇上的老婆。

清热解毒的著名功效之外，老婆们也还有些不为人知的妙处，譬如大爷着意强调的专取蓼蓝的蓝实，还可以填骨髓，明耳目，利五脏，调六腑，通关节，治经络中结气，使人健少睡，益心力，久服头不白，轻身，听上去仿佛无所不能的仙丹了。而作根最正宗的马蓝，主治的则是妇人败血，尽管这不脱解毒的大要，但终究不是寻常人所以为的仅仅局限于上感。

其实，板蓝根乃至诸蓝之根茎叶解除的所谓热和毒，原本说的是温邪热病，实热蕴结，所以疗疮痈疡，肿毒风疹，都可以包办。《本草正义》说：凡苦寒之物，其性多燥，苟有热盛津枯之病，苦寒在所顾忌，而蓝之鲜者，大寒胜热而不燥，尤为清火队中驯良品也。这该是它最难能可贵的。更方便的是它内可服食，外可敷用，用处着实广泛，不愧本经给它的上品封号，也无怪劳工劳农们有口皆碑，床头必备，宛如皇上老婆队中供人驱使的常在答应，总在眼前，应声而至，真的很忙。有专家强调，不可对它迷信。此话诚然，只是不可迷信的，绝非仅此，迷信作为一种非理性行为，原本不该后缀任何及物。

解毒之外，更出乎寻常人意料的，则是它的杀虫，举凡蜂虿虫蛇螫伤，金石药毒、狼毒、射罔毒，都可以从容化解。这道理让智慧的前贤说来十分简单：盖百虫之毒，皆由湿热凝结而成，故凡清热之品，即为解毒杀虫之品。

唐朝的刘禹锡，写过"东边日出西边雨，道是无晴却有晴""沉舟侧畔千帆过，病树前头万木春""旧时王谢堂前燕，飞入寻常百姓家"和"前度刘郎今又来"等诸多警句，以及"谈笑有鸿儒，往来无白丁"的《陋室铭》。不大为人所知的是，他还编过两卷名为《传信方》的医学著作，内中便有用大蓝也即板蓝的汁治虫豸伤救命的段子。

唐朝有位叫张延赏的，世家子弟，出镇外放时，政声卓著，民颂其爱；可回朝当国，却矫情复怨，不称所望，是个只会做诸侯不会蹲朝堂的人。他在剑南做节度使的时候，手下有个名叫张荐的判官。判官是帮助地方长官佐理政事的僚属，颇有权重，地位相当于副使。这一日，张判官不小心被斑蜘蛛咬了头，起初也没怎么当回事，可过了一宿，伤口处生出两条筷子粗细的红道，从头上盘绕到胸前归了心。两宿之后，头面肿痛，胀得宛如几升大的碗，肚子也开始肿胀，眼见的快不行了。节度使张大人贴出告示，重金悬赏能治病的郎中。这天果然来了一位应召的人，自称能治。张大人却不肯轻信，要验他的方子。来人说：在下不会吝惜方子，只要能救人性命。于是让人取来一碗大蓝汁，捉个蜘蛛扔进去，登时便死了。又取来一碗大蓝汁，加上少许麝香和雄黄，再捉个蜘蛛扔进去，转眼化成了水。张大人连连称奇，马上让人用大蓝汁点在伤口上，同时口服，两天伤口就平复，最后结个小小疮口痊愈了。

逐臭

《左传·僖公四年》有句名言："一薰一莸，十年尚犹有臭。"看来薰与莸虽然并不如雄黄雌黄那样有物理上的共生，但在气味熏染的case上，它们似乎亦有公不离婆秤不离砣的连带关系。

古人所谓臭，其实本有两意，但凡气味，不论香臭，皆可曰臭。这听起来十分不讲究原则，仿佛老祖宗们嗅觉失灵，连香和臭都区分不开。实际上，在文字的载体十分受限于经济制约的条件下，譬如简牍缣帛之类，语言自然需要追求简练，于是香与臭作为一个对立范畴，反而拥有了哲学上的犀利。其臭如兰的名句，最是臭之覆盖气味的经典例证。臭的另一个意思，则是大众最为熟悉的恶气。前贤有云：与不善人居，如入鲍鱼之肆，久而不闻其臭，亦与之化矣。这里的臭，自然是恶臭。需要提示的是，此处的鲍鱼并非海鲜，而是干鱼。臭鱼烂虾，宜乎其恶气的指向。《围城》里那位诱惑了方鸿渐的鲍小姐，杨绛先生点明正是取法的鲍鱼之肆。至于海鲜品种的鲍鱼，药行里另有名号，唤作石决明，和臭味什么的毫不搭界。

尽管处于同一范畴之内，但如兰之香远不是鲍鱼肆之臭的对手，《左传》的上述名言，正是描述臭的强悍遮盖力，从而譬喻善易消而恶难除，所以《孔子家语》才说：薰莸不同器而藏，尧桀不共国而治，以其类异也。薰莸之所以不能同器而藏，乃在于薰的香气根本敌不过莸的臭气浓烈，圣贤如尧之所以不能同桀共国而治，类异是故作的修辞，其实质正在于善人根本抵挡不住恶人的负能量，正如鲍鱼之肆的影响，难免被臭烘烘所同化。田地里庄稼的生命力在人类的干预下依然被恶草之莠侵占地盘，道高一尺总有魔高一丈伺服，老话讲，学好三年，学坏一天。这些令人不快的案例，都在在印证着道德上所谓的正面，其实天赋上就虚弱于负面，或许其中颇有人性的深层次原因，所以根性的东西在社会道德的判断方面总是要被冠名为劣，尽管在影响的力道上它往往并非劣势，因而也并不方便简单断言其如劣质物品那般禁不住时间的磨砺，反而有极其野蛮的生长势头。惟其如此，也才是道德安身立命的所在，人之初性本善的立论，大约也只好盘桓于蒙学课本，人类社会的和谐向善，终究需要助力的驱动才能得以缔造和维护。

　　作为臭草的标本，时珍大爷的书中，莸被归入隰草类，也就是说，与湿地大有干系，所以《说文》说它是水边草也。大爷的观察是，此草茎颇似蕙而臭。蕙即薰草，由此看来，薰与莸的关系，除了气味上的对应，更有形貌上仿佛。陈藏器的解释更具描摹性：生南方废稻田中，节节有根，着土如结缕草，堪饲马。又曰：莸生水田中，状如结缕草而叶长，马食之。

　　因为马食之，于是本臭草另有马饭、马唐的别称。别称的道理，则在于马食之如饭如糖。口之于味有同好焉，吃它的不只是马，还有马的六畜同侪羊，于是本臭草又有了羊粟、羊麻的别称。人闻其恶臭，马羊却食之如饭如糖，甘之如饴，就人本观念看来，这两个家伙倒不愧为逐臭之辈，与令人厌弃的苍蝇为伍，终于是畜生。

虽然在五味中没能占据一席之地，但食臭其实在本土也是号称万物之灵的人之所好。不过食臭的本质原在于发酵食品的鲜香口感，臭只是遮蔽美味的表象。臭草莸的入药，实在也是同样的路径，郎中们在意的，自然是气味遮蔽下的可人疗效：调中，润肺，明耳目，消水气湿痹，脚气顽痹虚肿，小腹急，小便赤涩，绞汁内服能止消渴，捣叶外用亦可傅毒肿。这样的主治项目，看似寥寥，实则上下贯通，自耳目，而肺，而小腹，而脚，逐个打理搞掂，颇有臭豆腐一样卓然不俗的品质，于是所谓逐臭，不能不有了省人耳目的崭新诠释。

反贼

《大宅门》里的故事，詹王府的二格格，是同治爷的嫔主子，一日身子不爽，无非肝郁之类，这本是皇上的老婆们镇日里常例的通病。百草厅白家大爷在宫里当差，给她瞧病开了方子，偏这嫔主子吃下后就死了。白老爷让儿子写出方子，并无一味虎狼药，是再稳妥不过的。第二天进宫，魏大人告知，方子上多了一味甘遂，这却犯了十八反。

所谓十八反，是古代医家归纳的用药配伍禁忌。反即反药，也就是某些相反药物同用，会产生毒副作用。这样的配伍禁忌编成口诀，成为郎中和药房的应知应会：

> 本草言明十八反
> 半蒌贝蔹芨攻乌
> 藻戟遂芫具战草
> 诸参辛芍叛藜芦

这内中的第三句，便是说海藻、大戟、甘遂、芫花都与甘草不能相和。实际上，历代关于配伍禁忌的药物，未必仅仅十八种，譬如时珍大爷书中"相反诸药"条下，就胪列了三十六种。当然，其中排序第一的，正是甘草名下反大戟、芫花、甘遂、海藻。

老话说，甘草合百药，说的是这位本经上品草部头牌，一向被誉为众药之主，能治七十二种乳石毒，解一千二百般草木毒，调和众药，安和草石，热药得之缓其热，寒药得之缓其寒，寒热相杂者用之得其平，是厚德载物的谦谦君子，所以被称为国老，不料却也有如此相畏相恶的命门。

其实，仅就反甘草的诸味而论，除了海藻，余下都在毒草之列，所以这反，祸根未必在于甘草。有趣的是，给白家大爷惹来杀身之祸的甘遂，在炮制时，偏偏要用到甘草：凡采得去茎，于槐砧上细锉，用生甘草汤、荠苨自然汁二味，搅浸三日，其水如墨汁，乃漉出，用东流水淘六七次，令水清为度。漉出，于土器中熬脆用之。

医家以为，此药专于行水，攻决为用。该药味苦气寒，苦性泄，寒胜热，直达水气所结之处，乃泄水之圣药。水结胸中，非此不能除，但有毒不可轻用。时珍大爷说，肾主水，凝则为痰饮，溢则为肿胀。甘遂能泄肾经湿气，治痰之本也。因此该药主治：面目浮肿，留饮宿食，破症坚积聚，利水谷道，散膀胱留热，皮中痞，热气肿满，能泻十二种水疾，去痰水，痰迷癫痫，噎膈痞塞。

作为毒草，该药当然不可轻用，更不可过量服用。至于作为甘草的反药，它却未必全不可用。譬如名医张仲景治心下留饮，也即饮邪久留不散导致的气短口渴四肢关节酸痛诸症候，就有甘遂与甘草同用的"甘遂半夏汤"：用甘遂大者三枚，半夏十二个，以水一升，煮半升，去滓。入芍药五枚，甘草一节，水二升，煮半升，去滓。以蜜半升，同煎八合，顿服取利。对此时珍大爷归结曰，取其相反而立功也。其实历代医家对反药能否同用，并非一边倒，《内经》《千金要方》《普济方》果然强调反药不得同用；而《金匮要略》《千金翼方》《儒门事亲》《景岳全书》等医书里，又不乏反药同用的方剂，大爷也持此议。其实这倒颇颇符合辩证法的道理，反药固然生成毒副作用，然相反未必不可以相成，一如反贼可剿灭亦可招安，要紧的是医者的收放掌控。当然，反药同用，毕竟弄险，不是久治不愈的疑难杂症，不是名医圣手，寻常谁也不敢轻易用到。

近代药理实验，的确有甘遂、大戟、芫花与甘草同用能增大毒性的报道，具体到二格格的case，其实原是老佛爷瞧不上她下的毒手，白家对头武贝勒趁机嫁祸，找人改了方子添的药，这才让白家大爷成了宫闱争斗的替罪羊。

归化积年的老杀手

蓖麻植株光滑，大叶互生，宛如手掌分裂，通身披挂蜡粉，出没于大田、低坡、房前屋后和路旁隙地，俨然成为道边可以流连的风景。虽然它的叶子是蓖麻蚕的标本食物，却也名列时珍大爷名著中四十七种毒草之内。据说它原产非洲索马里、肯尼亚一带，但1300多年前的《唐本草》中已有栽培的记载，可见是归化本土积年的老杀手了。费解的是，同是毒草，小虫如蚕可以尽兴饕餮，灵长如人却畏若猛兽，只好叹服上帝的安排了。

蓖麻身上最著名的，是它通身猬毛浑圆簇生的果实，俗名大麻子。据说蓖麻的叶子仿佛大麻，这该是俗名的由来。乱巧的是，外形如豆的大麻子，表面生有斑点，似乎意在印证大麻之子真的害过天花一般。不过，按照前贤的考据，所谓蓖麻的得名，麻固然得自叶似大麻，蓖却是因子形宛如牛蜱。牛蜱便是牛虱，是无疑的活物，立意当然远比麻坑来得生动。

蓖麻是蓖麻属仅有的独生品种，但却拥有成百个自然类型和众多园艺品种。按照现代工业的表述，蓖麻的利用价值非常之高，子可榨油，叶可养蚕，茎秆可制板造纸。蓖麻油虽然不能食用，却黏度高，耐寒热，拥有其他油脂望尘莫及的卓越本性，足以媲美橄榄油、红花油和桐油，足以替代日渐枯竭的石化原料，无怪欧美国家将蓖麻及其产业列为战略物资和国家机密。榨油之后的蓖麻粕营养丰富，是上等的有机肥料，脱毒后又是蛋白丰富的饲料。

需要指出的是，榨油过程中还会产生一种糊状的废弃物，经过提炼，成为或粉末或薄雾或颗粒形态的最可怕的生物武器，如你所知，那便是寄给奥巴马总统邮件中夹带的蓖麻毒素。不错，总统先生的祖籍正是肯尼亚，不知这种同根相煎，是否投毒者别有深意，颇颇耐人寻味。

虽然500微克也即针尖大小的蓖麻毒素就可以让一个成年人毙命，但和炭疽病毒相比，根本无法望其项背，4公斤蓖麻毒素的毒性只相当于1克的炭疽病毒，真正的小巫见大巫。但令人恐惧的是，只要发现及时，感染炭疽病毒可以治愈，而蓖麻毒素却没有相应的解毒剂。

遵循以毒攻毒的路线，洋人们发现无解的蓖麻毒素可以杀死癌细胞，而祖国传统医学炮制的大麻子，视野则更其广大。大爷的归结是，其性善走，能开通诸窍经络，所以在主治栏下，大爷罗列了偏风不遂，口眼㖞斜，失音口噤，头风耳聋，舌胀喉痹，毒肿丹瘤，针刺入肉，女人胞衣不下，子肠挺出，开通关窍经络，消肿追脓拔毒诸项。

作为名医的大爷，当然不乏运用该毒以逞神效的案例。某人病偏风，手脚抬不起来，大爷用蓖麻油同羊脂、麝香、鲮鲤甲等药，煎成药膏，每天摩揉数次，一个多月就渐渐平复。又吃下搜风化痰养血的方剂，三个月便痊愈了。某人手臂长了个肿块，疼痛难耐，大爷用蓖麻捣成膏药贴敷，一夜痊愈。一产妇产后子肠不收，大爷用蓖麻仁捣碎贴敷丹田，一夜收上。

优胜事略之后，大爷不忘提醒：此药外用屡奏奇勋，但内服不可轻率尔。或言捣膏以箸点于鹅马六畜舌根下，即不能食，或点肛内，即下血死，其毒可知矣。"或言"之后几句，自然是大爷危言以耸听，令人警觉，不过也为毒害生产队集体财产的坏分子，提供了可以遁迹于无形的手段，有诛心之嫌。

在大爷后续的附方里，果然大多外用，其中颇有些意趣。譬如，小便不通，用蓖麻子三粒，研细，入纸捻内，插入茎中即通。再如，催生下胞，取蓖麻子七粒，去壳研膏，涂脚心。若胎及衣下，便速洗去。不尔则子肠出，即以此膏涂顶，则肠自入也。还有更八卦的，产难，取蓖麻子十四枚，每手各把七枚，须臾立下也。这法子当然不及杀灭癌细胞惊心动魄，却饶富情趣，颇有小说家言的风范。

内服的也有，只是大多属于半身不遂、一切毒肿、头风、风痫之类的疑难重症。不过，内中也有齁喘咳嗽、瘰疬结核、鸡鱼骨鲠这样并非性命攸关症候不大不小的case，原本犯不上弄险，不料却用了内服，即便有加热和量少的控制，也依然令人捉摸不着郎中们吊诡的心机。当然，大爷着意提示：凡服蓖麻者，一生不得食炒豆，犯之必胀死。这话虽然有人以为未必，然生命交关，大可不必搏命一试吧。

乌鸦头

　　没有一种植物生就该给人吃掉，如同动物被杀时可能会因恐惧释放毒素，包括已经被驯化的家禽家畜，为应对包括人类在内的动物啃咬吞噬而展开的抵抗运动，植物经常会自行开发出颇具毒性的生化武器，譬如著名的生物碱。当然，作为应对抵抗的抵抗，号称万物灵长的人类并不示弱，他们会将这些生化武器分离析出调控配比，将其变身为根治顽疾的妙药，譬如生物碱中，便有能安神的吗啡和治疟疾的奎宁。科学果然是人类对抗自然的利器，只是这件利器往往是双刃的，搞得好搞不好都有可能被它伤到，包括那些自命不凡以为能够把控它的玩家。

　　作为毒草，乌头的名声也不乏响亮，而它身体里迸发的乌头碱之类，正归属于人类抵抗顽症的生物碱。乌头固然有毒，只是这毒却偏是攻毒的凶器，于是被苦于攻毒的人类收入药囊之中。凶器自然携带凶险，占了便宜总要付点血本，乌头的剧毒，既是它入药的亮点，又是令人胆寒的死穴。

　　乌头的本意就是乌之头，也就是乌鸦头。乌头入药取其块根，它的形状的确像个鸟头，颜色也是暗沉的黑褐色，不过它被确切想象为乌鸦，应该有祖宗们命名时的生活背景。

虽然早在《诗经》时代便有"莫赤匪狐，莫黑匪乌"的句子，足见该鸟早就出没于祖宗视野，并且谱入了文艺，但似乎提及乌鸦，总令人感觉不是什么好事。所以《三国》里曹孟德横槊赋诗曰：月明星稀，乌鹊南飞；绕树三匝，何枝可依。忽有扬州刺史刘馥说丞相这话不吉利，结果当场便被杀掉。著名的《易林》里也说，城上有乌，自名破家。不过，乌鸦简单粗粝的啼叫，却未必一律是悲。《左传》上讲，晋侯伐齐，齐国的军队乘夜偷偷逃跑了。瞎子师旷耳音好，告诉晋侯道，乌鸦的叫声透着喜兴，齐国的军队大概是逃走了。果然有人眼神犀利，也报告说城头上落了乌鸦，城内的守兵该是不在了。

一样的城头落乌鸦，结论不一，足见乌鸦不一定是个坏孩子，甚至益鸟无疑。古人认为它长大了会给爹娘喂奶反哺，于是被封为孝顺报本的乖BB。天下乌鸦或许一般黑，可作为预兆吉凶的灵鸟，日本人和阿拉伯人都对它表示了足够的尊重，不必非得因为爱屋方才及乌，所以东京满城乌鸦纷飞。

剧毒的乌头入药其实也是吉凶参半，中病自然是好事，中毒则命悬一线，如此纠结，是否当初祖宗命名时便埋下深意，还是机缘偶合的乱巧，便不得而知了。

在时珍大爷的名著中，首先对乌头正本清源：乌头有两种：出彰明者即附子之母，今人谓之川乌头是也。春末生子，故曰春采为乌头。冬则生子已成，故曰冬采为附子。其产于江左、山南等处者，乃本经所列乌头，今人谓之草乌头是也。

大爷的分类，实际标定的是栽培与野生两个系列。作为药用植物，11世纪时，四川的彰明一带，本乌便已有栽培，至今江油、安县一带仍是主产区，因而有川乌之称。不过，因为种植的原意在于收获附子，尽管附子的名字是因其附于乌头而生，所谓如子附母，但就栽培的立意而言，乌头反而是附属带捎的。带捎的还不止于此，成熟后其形长而不生附子的叫作天雄，生于附子旁的尖角则为侧子，琐细未成附子的则为漏篮子。说来有趣，漏篮子的命名正因其小而漏出篮子。加上种瓜得瓜的附子，本case一举而数得，算得上药材栽培史上性价比高大的经典范例了。

　　其实，在宋人杨天惠所著《彰明附子记》中，本同而末异的收获甚至是七种：其初种之小者为乌头，附乌头而旁生者为附子，又左右附而偶生者为鬲子，附而长者为天雄，附而尖者为天锥，附而上出者为侧子，附而散生者为漏篮子，皆脉络连贯，如子附母，而附子以贵，故专附名也。

　　野生的草乌，挣脱人工，自然没有了这些繁复的花色。不过，尽管根苗花实与川乌相同，但因是野生，缺少栽培的选育，杀其毒性，因而其根外黑内白，皱而枯燥，毒性则更甚。未经炮制的草乌，榨取其汁，晒为毒药，可以射杀禽兽，十步即倒，烈性宛如毒蛇，于是有射罔的名号。文献记载，春秋时期乌头便已经担任毒药，古人的箭头，大多涂有乌头毒液，号称乌毒。而草乌其实也有奚毒、毒公的别称，足以担任乌毒的注脚。

　　作为冷兵器时代的翘楚，弓箭自然不止于射杀禽兽，涂了乌毒的箭，人被射中了，也难免一死，因而必须速做解毒。医家号称治病救人，乌头之列入药材，前提便是必须首先找到解药。

说来有趣，即便是栽培的川乌，也是剧毒之物，不料在前引那本所记甚详的《附子记》中却说，此物畏恶最多，不能常熟。如此看来，剧毒之物，反而颇颇娇贵，并非寻常人想象的百毒不侵。论到解药，栽培而得的川乌，畏绿豆、乌韭、童溲、犀角；野生采集的草乌，则畏饴糖、黑豆、冷水。

如果说犀角价钱昂贵，冷水令人狐疑，饴糖听起来不免偏门，童子小便则是大众耳熟能详的解毒妙药。不过就针对性而言，豆类果然是克制乌头的当家主力，为了减少毒性，炮制乌头时，黑豆也是正选的辅料。这道理甚至禽兽也知晓，或者人类正是观察禽兽方才知晓。白居易有诗云：豆苗鹿嚼解乌毒，说的正是鹿若是中了乌毒之箭，也知道嚼食豆叶，消解毒性。

至于主治，川乌项下是：诸风，风痹血痹。半身不遂，除寒冷寒湿，温养脏腑，去心下坚痞，散风邪，行经，补命门不足，助阳退阴。草乌项下则是：中风恶风，除寒湿痹，咳逆上气，破积聚寒热，恶风憎寒，益阳事，治痈肿疔毒。撮其大要，正是人尽皆知的镇痉镇痛，祛风湿解热。

至于补命门益阳事云云，大爷自有详论。说到川乌，大爷云：乌附毒药，非危病不用，而补药中少加引导，其功甚捷。有人才服钱匕，即发燥不堪，而昔人补剂用为常药，岂古今运气不同耶？大爷那时的今，其实已然是当下的古了，想来运气更其不同。大爷还举例若干：荆府都昌王，体瘦而冷，无他病。日以附子煎汤饮，兼嚼硫黄，如此数岁。蕲州卫张百户，平生服鹿茸、附子药，至八十余，康健倍常。宋张杲《医说》载：赵知府耽酒色，每日煎干姜熟附汤吞硫黄金液丹百粒，乃能健啖，否则倦弱不支，寿至九十。他人服一粒即为害。若此数人，皆其脏腑禀赋之偏，服之有益无害，不可以常理概论也。大爷又引笔记：滑台风土极寒，民啖附子如啖芋栗。指出，此则地气使然尔。

辨证施治一向是传统医学的主旨，所谓因人因地，而异而宜，正是药材尤其是毒药服用的关键。西南之地，古称烟瘴，据说当地之人，为止痛治痛，多有煮食乌头的习俗，而煮食之法，甚为凶险，因而高深莫测，而中毒身亡者，也不乏其人。听起来，颇有些拼死吃河豚的意境。

煮食的乌头，自然该是草乌。对此，大爷提醒：草乌头、射罔，乃至毒之药。非若川乌头、附子，人所栽种，加以酿制，杀其毒性之比。自非风顽急疾，不可轻投。此类止能搜风胜湿，开顽痰，治顽疮，以毒攻毒而已，岂有川乌头、附子补右肾命门之功哉？其实，所谓补命门益阳事，除非是大爷所举的那些脏腑禀赋偏颇之人，寻常人等，即便川乌也轻易承受不起，更遑论草乌了。

至于射罔，虽然中人亦死，不免令人闻风丧胆，可论到解药，却也不妨信手拈来，不绝如缕，甘草、蓝汁、小豆叶、浮萍、冷水、荠苨，只要寻得一味，便足以抵御。具有大毒的射罔还可入药，当然是外敷，瘰疮疮根，结核瘰疬毒肿及蛇咬，先取涂肉四畔，渐渐近疮，习习逐病至骨。当然，即便外敷，也有禁忌：疮有热脓及黄水，涂之；若无脓水，有生血，及新伤破，即不可涂，否则立杀人。听起来不免怕怕。

大约鉴于乌头如此令人又怕又爱的药性，皇上也对它另眼看顾。《大明会典》载，四川成都府，岁贡天雄二十对，附子五十对，乌头五十对，漏篮二十斤。对此大爷发问，不知何用。揣测大爷的出发，大约是以为，这些本是脉络连贯的东西，药性约略相同，只是药力略有差等，大可不必如此繁复求索，实属扰民。然而替朝廷想，既是贡品，这样的取法，自然成双捉对，整齐序列，看起来气派，听起来爽利，至于扰民云尔，反而不在考量之列。

附带一句，乌头一属的植物，大多绚烂美丽，花朵或紫或蓝或黄，形状或船或盔或筒，是无疑的观赏花卉。本乌也另有个芳名，叫作鸳鸯菊，听起来足以想见它的娇艳。然而，如此美丽的身姿，却藏有一副剧毒的根基，这该是植物界的惯技，妖艳的花色之下，往往潜伏莫测的杀机。

蒙汗药

　　《法华经》上说，佛说法时，天雨曼陀罗花。《阿弥陀经》也有类似记载。如此看来，曼陀罗是经典的天降之花。曼陀罗无疑是梵语音译，意译则是悦意。不过时珍大爷的解释，则是梵言杂色也。从坠落的天花而言，杂色自然可以表征缤纷，而领会佛法真谛，亦不妨有心意悦服。译事之纷纭，自古已然，否则玄奘法师自不必远赴异域，舍生求法。

　　按照辞书的说法，虽然有舶来色彩的昭彰名号，但曼陀罗却是原产本土，因此它当然有风茄儿、山茄子种种别名。时珍大爷解释，茄乃因叶形尔。大爷圣明，本花在生物学分类上，正是归属茄科，它当然与经典菜蔬的茄子同门，辣椒、马铃薯、颠茄、番茄、烟草、枸杞等也是它面目各异亲疏不同的兄弟。山茄的山字当然是标定生长环境，风茄儿的风却显得无从着落。

　　曼陀罗生北土，人家亦栽之。春生夏长，独茎直上，高四五尺，生不旁引，绿茎碧叶，叶如茄叶。八月开白花，凡六瓣，状如牵牛花而大。攒花中坼，骈叶外包，而朝开夜合。结实圆而有丁拐，中有小子。八月采花，九月采实。

以上便是大爷对该花的描述，看似平淡，其实颇费了一番心思，饶富文章之法。本花生北土，其生态叙述，前贤并未提及，足证作为江南人的大爷，以上描述是亲自考察得来。更有意味的是，相传此花笑采酿酒饮，令人笑；舞采酿酒饮，令人舞。听起来颇有些神乎其用，大爷亲身尝试，得出的结论是：饮须半酣，更令一人或笑或舞引之，乃验也。

在钦佩大爷实验的勇气和尝试的精神之余，检讨其之所以有如此戏剧性的验证，肇因只好来自本花禀赋的另类个性。大爷指出，八月采此花，七月采火麻子花，阴干，等分为末。热酒调服三钱，少顷昏昏如醉。割疮灸火，宜先服此，则不觉苦也。而在主治项下，诸风及寒湿脚气，惊痫及脱肛之外，大爷果然明确提到本花入麻药。

既云麻药，服后不免呈现迷幻，情状更甚于醉酒，兴之所至，不觉手之舞之足之蹈之，乃是常态。如此，则大爷亲身验证结论之令人狐疑的戏剧性，顿时开释。同时，本花梵语意译之所谓悦意，也有了物理依托。号称忘忧的萱草，正是指证其嫩苗吃下后的昏然如醉，曼陀罗之悦意同此。而本花略嫌缺乏着落的风茄儿之名，也不妨由此揣测为服后仿佛风癫之状。所谓甘心以昏迷的方式，抵押理智而成为感觉的俘虏，以抵达神谕的玄机。

说到麻药，其发明和应用，在本土也是早已有之。《列子·汤问》记载，名医扁鹊用毒酒将公扈和齐婴二人迷死三日，剖胸探心，实施换心手术。毒酒即药酒，既然能够迷死，无疑麻药。此事连被批为多乖错的《史记·扁鹊仓公列传》都未提及，在前科技时代，自不免被目为惊世绝技，难以取信。不过，三国名医华佗的麻沸散，以酒服下，也是须臾便如醉死无所知，功效与扁鹊雷同，却得到普遍认同。仔细想来，华佗用该药，不过剖腹开颅，去除疾患，相比扁鹊耸人耳目的脏器移植，更容易使人信服。

扁鹊华佗的麻药配方，史阙记载，不过前贤尚简，譬如华佗，处剂合汤不过数种，因而大爷书中所列曼陀罗花与火麻子花的搭配，宜乎其相去不远，至少宋人医书中已有记载，并且善意提示其亦不伤人。而同时代的笔记里，已经赫然罗列利用其实施犯罪的故实。周去非《岭外代答》云：广西曼陀罗花，遍生原野，大叶白花，结实如茄子而遍生小刺，乃药人草也。盗贼采，干而末之，以置人饮食，使之醉闷，则挈箧而趋。

类似故事后世也不乏数见。有趣的是，如此勾当竟也出现于官府行为。宋人笔记上说，湖南转运使杜杞平定五溪蛮时，便以金帛官爵诱降叛众，于宴席之上，以曼陀罗酒迷倒，将其尽数杀之。由此可见，起码在宋代，曼陀罗作为迷药已经颇为人所知晓，并且不论官私，都频频付诸应用。

这样的事实，令人不能不想起《水浒》中屡屡将人麻翻倒也的蒙汗药，看来小说家言也并非全无凭据，尽管后世对其具体谁何不乏推量，譬如莨菪、草乌种种，但曼陀罗当属嫌疑最大。而几乎成为经典模式的伴服酒中，自是意在遮盖曼陀罗的辛味，同时发挥药效。至于具体配方，想必有所添加，以助药力，盗贼害人或者谋害盗贼，自不需秉持医者当持的圣人之心。不过追究起来，该配方理当来自医事的麻药配伍，只是屁股决定头脑，各人取法不同罢了，连饴糖都可以有养老和黏门闩的迥然异见，而盗跖也正与岭外之盗贼同道，至于杜大人用来对付反贼，当然是以贼之法施诸贼身的活用。

按照现代药理分析，曼陀罗花含有的若干生物碱，对中枢神经和副交感神经都有所作用，可以使人肌肉松弛，汗腺分泌受到抑制，想来这该是所谓蒙汗的由来。按照宋人笔记所云，本花南方亦遍生原野，较之大爷所云生北土，分布更其广泛，证之当下，也果然是世界广布，本土各地都有分布，如此便不必奇怪彼时医者与盗贼及官家采集的方便。

有意味的是，大爷书中，本花条下，并未提及其与蒙汗的干系，甚至前代涉及以此害人谋人的种种记载，也付之阙如。而以大爷之博览，未必真的不知前人所云。譬如《岭外代答》果然不在大爷引据古今经史百家书目之中，但有云范成大《桂海虞衡志》中便有与《岭外代答》内容类似之记载，而范氏此书则正在大爷上述引据四百余种之中。只是此书通行版本中却并无该段文字，令人颇费踌躇。或许此书另有版本差异，又或许大爷终究还是秉持医者圣人之心，有意无意间，不欲着意披露亦未可知也。要紧的是，大爷书中，百病主治药项下诸毒条中，朗朗写明以冷水化解蒙汗毒，足证大爷于蒙汗之药并非不知，只是宅心仁厚，更留意于救死扶伤。毕竟，麻药或者迷药，事涉凶险，解药的意义怎么估量也不为过。

人本的出发

虽然归属有翅亚纲，但虱子的翅膀早已退化，寻常人也根本不会留意到。溅落后的虱子放弃了翱翔，专心做了吸血鬼托生的寄生虫。这头扁平身躯泛着灰白的猥琐家伙，拥有一副繁复精致的刺吸式口器，因此它的进食相当享受，同时也让被进食的宿主相当不舒服，养活了这厮却还要为这被迫的供养付出身血的代价。刺吸的伤口虽然细微，之后却会有此起彼伏的坟起，仿佛这厮为炫耀自己树起的功德碑。也许是担心这自夸的碑文会漫灭没了消息，于是坟起树碑处总会有伴生的难耐瘙痒，一如杀人者行凶事毕写在墙上宣示舍我其谁的淋漓口号。

鲁迅先生的著作里专门描摹过阿Q和王胡在墙根的日光下赤膊捉虱，捉完放在嘴里咬得毕毕剥剥作响。咬虫的动态效应不妨是作为宿主的人类对祸害自身的异类实施的具有示众意味的屠戮，尽管不免腌臜，却也是不讲究洗澡换衣的前卫生时期习见的常例。

问题是虱子是哺乳动物身上的专性寄生虫，也就是说它的宿主相当广泛，远不止于人类，猴子兔子鼠辈等几百种动物都足以成为它的栖息地。其他的姑且不去计较，担任人类食肉寝皮亲密伙伴的家畜，却是人类顾及自身之外不得不提起在意的。遭到虱子啃咬的家畜会骚动不安，影响进食和休息，从而损害其体质，群虱镇日不休的咂吸也会造成家畜的贫血消瘦乃至死亡。家畜的痛痒虽然并不发生在人类身上，但一如奴隶主也要为奴隶提供基本生活条件从而保障他们的劳动能力，饲养家畜的人类对于畜生身上作祟的小虫，也当然会秉持必欲除之后快的杀心。

逐个捕捉当然不是根治这厮的良方，烫洗衣物的直杀方法也不适用于毛皮连肉的家畜，最具建设性的只好是患部直接敷药。在前科技时代，毒性剧烈的农药尚未被发明出来，而生态的药品则俨然成为担纲的大咖，譬如牛扁。

对于这株多年生草本，苏恭指出，此药似堇草、石龙芮辈，根如秦艽而细，生平泽下湿地。田野人名为牛扁，疗牛虱甚效。所谓甚效，足见本草在料理牛虱的case上的标杆地位。牛扁名字中的牛，无疑指认的是牛，它是大牲畜里最与人类亲近的农业文明奇葩——当然是正能量意义的，因而牛虱也无疑成为人本立场下最为看重的家畜害虫。

本草也还有扁特、扁毒的别称。看来扁更是本草的根性称号，至于其所蕴含的意义，时珍大爷没说，不过本草据说还有扁桃叶根的又称，大约扁根源于此亦未可知。至于特和毒，描摹的无非是其所禀赋的烈性。苏颂说，今潞州一种名便特。六月开花，八月结实。采其根苗，捣末油调，杀蚁虱。主疗大都相似，疑即扁特也，但声近而字讹耳。如此，则便特应该也是本草的一个别称，起码在种属上十分切近，便与扁果然声近，至于字讹却是未必，命名用字的不同，或许和方音的影响有关，却不好非要说是错。

大爷的书中，本草的气味被归为：苦，微寒，无毒。这却令人狐疑，本草被认为是细叶乌头的变种，自然与经典毒药乌头有扯不清的干系，说它无毒，几乎难以置信。而且，本草号称疗牛虱甚效，倘若无毒，又从何杀起呢？

主治项下，本草首列的是身皮疮热气，可作浴汤。之后才是杀牛虱小虫，又疗牛病。这当然是人本的出发，即便本草最昭彰的功效原在于畜类的牛，但先人后畜的顺序是错不得的。当然，也不妨说，本草原是打理人身疾患的，而疗牛虱甚效则是人药延续之下的顺势发现，洗疮的浴汤，泼溅到牛身上，未必不是一种收获意外的路径推测，只因作兽药的业绩太过斐然，这才移花接木，变身主打牛病。而苏颂讨论便特时提到的杀蚖虱，原本也是料理人患的，据说山西阳城一带便有牛扁根煮水灭虱的用法，而潞州正与其相距不远，于是，推人及兽的医疗思路，愈发理所当然。

大爷书中还附录了虱建草，一种名字听上去就是为拾掇蚖虱而生的草。陈藏器记载：主蚖虱。挼汁沐头，虱尽死。人有误吞虱成病者，捣汁服一小合。亦主诸虫疮。生山足湿地。发叶似山丹，微赤，高一二尺。又有水竹叶，生水中，叶如竹叶而短小。可生食，亦去蚖虱。

从附录的药性看，大爷似乎在不知不觉间将去蚖虱当作了主题，人本的立论更其显豁。如果说挼汁沐头虱尽死的描摹一如牛扁的疗牛虱甚效，人有误吞虮虱成病云云，也颇有喜感，阿Q和王胡的咬虫跃然目前。连类而及的水竹叶，既可生食，则是野菜，亦去虮虱倒是旁及的附庸了。有趣的是虮建草也被归为无毒，而水竹叶既然可以生食，无毒似乎也是题中应有之义，如此看来，杀牛虱甚效的牛扁，无毒似乎反而更有证据支撑。不过，牛扁的主治，起码从大爷提供的项目看，只做外用，再联系扁特扁毒的性情名号，还是隐隐然透露出本草的虎狼属性。

悍剂

在颇具影响力的辞书里，荨麻和荨麻疹，荨的读音竟然两样。这当然容易令人以为，荨麻和荨麻疹不搭界。在有些辞书里，荨麻疹的荨，旧读和荨麻的荨一样。所谓旧读，自然不妨理解为本来如此。不过，荨麻疹的读法实在太富于影响力，如果用旧读请教西医人士，一定会遭到断然的纠正。当然，按照旧读的说法，不依旧读的读法，可以理解为俗读乃至讹读，只是这种读法超越了旧读，反而大行其道，一如小三俨然做了师奶。讲求规范的辞书在审定读音时，遵照从众的原则，也只能从俗，于是抢身上位的新师奶得以扶正。这是趋势，规范在它面前也要调适自己的身位，顺势而为，否则这规范就没了立足的根基，也就不再成其为规范了。

不过，就教于专家，提供的证据却是，至迟在宋代，可以有其他若干写法的荨字，就有了两读。这样看来，前述所谓俗读乃至讹读的说法，便有些失于武断。尽管官修的韵书中，所谓旧读更其主流，但两读的存在应该反映了中古时期某些方言中，荨麻一路的从母和荨麻疹一路的邪母，的确有相混的现象，也就是说，它们在实际中是并存的。

一字一义而两读的分裂局面，就审音而言，自然应当比照酌古准今的原则，定音于一，尽管这是个十分纠结的取舍。不过通过上述一番讨论足以确定的是，虽然异读的局面听起来仿佛两码事，但荨麻疹正是来自荨麻。这一点洋文也可以提供证据，荨麻疹urticaria一词中，urtica正是荨麻的拉丁写法，荨麻科的Urticaceae自然也是确凿的旁证。

生物学分类的荨麻科下，六族之中只有荨麻一族拥有其他高等植物所不具备的螫毛，也叫刺毛，名字听上去就有针扎一样的痛感。这款貌似低等的螫毛其实禀赋绝对不容小觑的卓异特质。说起来，该螫毛的构造颇具设计性，单细胞的毛管壁，上端质地脆弱，下部则钙质坚硬，当外来侵犯的人或畜生触碰到这些中空的螫毛时，上脆下硬的毛管很容易发生断裂，这种看起来吹弹得破的娇滴滴状态，其实是极富机心的陷阱，断裂一旦发生，参差不齐的犬牙茬口便会十分锐利地刺破侵入者的皮肤，紧跟着，多细胞的毛枕会立刻分泌出毒液，毒液的成分相当化学，构成十分复杂，总之是包含酵素蚁酸醋酸酪酸种种在内的刺激性混合液，这些富有杀伤力的毒液迅速浸润皮肤的伤口，热辣辣的灼痛瞬间爆发，并且会持续相当一个时段。蚁酸的名字决定它当然本是蚁族的分泌物，也就是说，抵御外来侵略的化学武器品种，荨麻为代表的植物和蚂蚁为代表的动物，居然有雷同的选择。

机心重重的荨麻螫毛，当然是这株并不高端的草本出于保护自身而进化出来的，包括人类在内的有食草癖好的动物，也许天生拥有践踏蹂躏乃至吞食草本植物的权力，但这些草本也绝非天生就肯引颈待割，任随这些动物毫无阻碍地肆意收拾自己的胴体，总要让这些自以为是的家伙付出代价，哪怕拼得鱼死网破，荨麻的螫毛便是这种自我防护的经典案例，该经典甚至颇具攻击力，令侵犯者不得不心存忌惮。人类看待万物，真的要像佛家说的，必须保持时时勤拂拭的频率，不懈刮目才行。

荨麻螫毛防守反击的结果，热辣辣的灼痛之后，人类的皮肤还会发生进一步的反应，痛定之后是难耐的瘙痒，成片的疹子随即浮现，而且此起彼伏，反复发作，这便是典型的荨麻疹。

诚然，作为医学病症，荨麻疹的致病起因不止于荨麻，昆虫毒素，花粉，尘土，真菌，药物，疫苗，寄生虫，鱼虾，羽毛，海味，奶酪，草莓，羊肉，冷热，日光，心理压力，种种，总之一切刺激性的物质都足以成为祸根，临床症状也还有恶心，呕吐，腹痛，腹泻，高热，寒战，口唇麻木，哮喘，气憋，心悸，虚脱，乃至窒息、昏厥、休克等。这种吊诡的过敏性皮肤病症，来去突然，不留痕迹，于是有鬼风疙瘩的俗称。

在时珍大爷的书中，荨麻名下也着意注明：荨音寻。从形声的取法而言，这无疑正确，但鉴于前面的讨论，它自然也再次证明了本字读音的确颇富迷思，令人大有捉摸不定的游离感。苏颂说，荨麻生江宁府山野中。比起这位后来做了丞相的太常博士，时珍大爷的阐释则更为丰满：川黔诸处甚多。其茎有刺，高二三尺。叶似花桑，或青或紫，背紫者入药。上有毛芒可畏，触人如蜂虿螫蠚，以人溺濯之即解。有花无实，冒冬不凋。捼投水中，能毒鱼。

毛芒可畏，人碰了宛如蜂虿蝎螫的描摹可谓写实，而人尿浇灌便可登时化解，果然为该疹的肆虐，备案纯天然的方便解药，而且大有秽物驱邪的剿灭风格。冒冬不凋的习性，似乎意在印证，高洁的品行并非松柏之类乔木的专属，草根也有资格染指。揉搓之后投入水中变身鱼药的路径，不免是绿色旗号下极其虎狼的生态悍剂。

既然可以担任悍剂，荨麻的气味，辛、苦，寒之下，当然有大毒。不慎吃下去，便会吐利不止。大约有鉴于此，大爷书中开列的本草主治项目，全然外用：蛇毒，捣涂之。风疹初起，以此点之，一夜皆失。

以毒攻毒一向是医学于有毒物质利用的惯常策略。不过蛇毒毕竟是令人闻风丧胆的险症，荨麻被捉来料理，无疑为蛇毒的救急药单，增广了建设性的带宽，当然有益于丧落之胆的归位和修复，可谓善莫大焉。

传统医学的风疹系小儿疾患，并非荨麻疹，与荨麻疹相当的乃是专有名目的瘾疹。不过大爷所谓风疹初起云云，还是令人有吊诡的感觉，仿佛荨麻之于疹子，既足以引发，又可以灭杀，颇有些解铃系铃的禅家味道。这自然是字面误读导致的皮相，不值一提。不过风疹毕竟也属疹子一路，小儿难缠，罹患此症的小儿尤其难缠，当其发病之初，荨麻点之便可一夜尽消，确乎可谓立效。如此拯危济困，即便相较料理蛇毒，依然可圈可点，不愧福田。

追究起来，大爷此条可能来自抄录。杜工部写过《除草》诗，原注说去除的正是有害于人的本恶草，不过草名的写法有些繁复，只好从略不录。关于此草，宋人编的一部补注中，有苏曰毛芒可畏触之如蜂虿云云的说法，其中提到：治风疹，以此草点之，一身光滑。另有宋人所编杜诗的集注，此处则作一身失去。苏便是苏东坡。光滑的疗效自然比之失去更具修辞意味，而大爷的一夜皆失，倒也中和允当，不输东坡韵致，又附丽了时间段的疗程限定，果然医家本色。

闭嘴

传统文艺一向把思念尤其是离愁别绪乃至悲哀的痛点归入消化道的肠子。经典著作《素问》云：大肠者，传道之官，变化出焉；小肠者，受盛之官，化物出焉。按说肠子原本不必为心思担负什么责任。不过，传统医学从脏腑相关立论，心却与小肠互为表里。由于分布位置的接近，肠子的确关联于心，譬如俗话中的烧心，便是肠胃的疾患。文艺的描摹中，肠子也果然代言心地，竹林七贤的嵇康写给山涛的著名绝交书中便有"刚肠疾恶"的说法，梁朝伏挺写给徐勉的信里也有"娱肠悦耳"的句子，而脑满和肠肥并举，形容生活优裕不用心思，也从一个侧面提示肠子和负责思想活动的大脑颇有干系。

当思念或悲伤达到一定程度，担负不起时，便是肠断了。曹操的《蒿里行》云：生民百遗一，念之断人肠。他儿子曹丕的《燕歌行》里则有"念君客游思断肠，慊慊思归恋故乡"。后世"肠断白苹洲""断肠人在天涯"乃至"牢骚太盛防肠断"，都是深入人心的警句。

愁肠寸断，自是形容的极致，所谓痛苦达到濒临死亡的地步。在西洋医学引入本土之前，真的肠断，当有性命之忧，这该是毒草命名为断肠草的逻辑所在。

据说断肠草并非专指某种毒草，服用后引起胃肠强烈毒副反应的烈性毒草，都不妨以此命名。此话自是有理，享有如此名号的，的确不止一种，不过，在医药界公认的断肠草，则非钩吻莫属，想来它是毒草中的翘楚，众望所归。当年天姥就曾对黄帝说过：黄精益寿，钩吻杀人。这种善恶比对的修辞句法，足以证明该草在毒草界不可撼动的地位，时珍大爷的书里，果然将它安排在毒草卷最末的大轴位置。传说神农尝百草，正是被该草断送了性命。

大爷说该草入人畜腹内，即粘肠上，半日则黑烂。这话自是断肠之名的由来，只是今天不方便考证。至于钩吻名号的由来，便有些游移。陶弘景说是言其入口则钩人喉吻也。有人从训诂出发，说吻当作挽，牵挽人肠而绝之也。清人吴其濬《植物名实图考》提到，土医称其叶钩者有大毒，或许钩之得名，是因其叶如钩。此说倒是清新，只是那吻字却无从下落。私下则以为，钩不妨和钳同比，古人有钳口之说，钩吻也可做同解。钳口犹言闭嘴。《梦溪笔谈》说，闽中土人以此自杀或误食，半叶入口即死，而流水服下，毒效更快，往往投杯已卒矣。因此沈括断言：此草人间至毒之物，不入药用，恐《本草》所出，别是一物，非此钩吻。连《本草》的权威都质疑，足见该草之毒声名藉甚。大爷则指出：本草毒药止云有大毒，此独变文曰大有毒，可见其毒之异常也。连含有它花粉的蜂蜜，吃下去也会中毒乃至死亡。如此烈度，岂非正当闭嘴不吃才是上上之策。

也是有趣，如同蓖麻的虫吃无妨人吃遭殃一样，人吃了钩吻的叶子致死，羊吃了却大肥，这与大爷所说入人畜腹内半日黑烂云云，起码略有出入，而大爷对此的解释则是物有相伏如此。对生物链相对低端的食草类之羊情有独钟，或许该毒草偏要用这样的吊诡叫板号称万物灵长的人？钩吻生长村墟间巷之间，出身低贱，蔓生于向阳地面，本是阳光心性，不料却有如此犀利的爱憎，底层原是不容蔑视的。

鉴于钩吻毒性的剧烈，在主治栏下，虽然罗列了金疮乳痓，咳逆上气，脚膝痹痛，四肢拘挛，恶疮疥虫，喉痹咽塞，但无一不是捣汁入膏中，而绝不入汤饮。民间草医有用内服料理风湿痹痛之类难症，却要冒中毒身死的风险。笔记里说，两广之人负债情急，每每吃下它，以死讹人。

既然羊吃了它可以大肥，想来羊身上必有降服该毒的要素，所以解此毒草，最便当的法子就是，用新鲜羊血趁热灌服，据说疗效甚佳。大爷的书里，也着意提到此法，并有白鸭白鹅断头沥血灌服，以及多饮甘草汁、人屎汁诸法胪列。后者无疑意在催吐，只是听起来相当恶心，然救急要紧，比起羊血，人屎当然更其容易获取。

点心

汉乐府中的名篇《陌上桑》，写一位叫罗敷的女子，采桑时遭际路过长官的搭讪调戏，从容应对拒绝的故事。如果从文本分析，其实这位罗敷的采桑是大有狐疑的。譬如，罗敷的住所命名为楼，应该是两层以上的建筑，这当然不是寻常百姓的住屋。该楼又以罗敷的姓氏冠名，自然是私产，足见其非富即贵的底气。她的装扮也十分讲究，这当然可以理解为一种夸饰，但再怎么夸饰，原型也不会是从事农桑劳动之村妇标配的布衣荆钗。

好女就是美女，作为一种核心资源，在罗敷的时代，美丽一般逃不脱富贵和权势战利品的运命。这是罗敷遭际长官搭讪调戏的因由，同时也是她拒绝调戏的伏笔。而回绝长官的理由，除了双方均非单身的法理陈述，罗敷更着重描摹了夫婿的绩优品质，其中自然有出于本能的色相，更要紧的则是该夫婿分明与长官分庭抗礼的高官身份，这也该是罗敷与夫婿二十以上年龄跳差的扎实注脚。作为民歌，这样的自抬身份不妨理解为俚曲的夸说，语言狂欢是民间话语最痴迷的桥段。否则就只能解释为官太太闲来无事，招招摇摇到郊区采桑的破闷了。有趣的是那位长官，被数落一番，却始终没有觉悟，不是被美色亮花了眼，就是缺乏常识判断的低素质，宜乎其落得如彼下场。

被罗敷置词数落的长官，号称使君，从其车驾五马的规格，是无疑的太守，罗敷的夫婿"四十专城居"，也属于这一等级的官员。如果罗敷的夸说属实，使君遭到拒绝就更其必然：退一万步讲，即便对方拥有年龄背景的诸般优势，平级之间的跳槽也太过缺乏技术吸引力了。

在民间，最著名的使君该说是刘玄德，当年曹公便说过，今天下英雄，惟使君与操耳。而刘备此时正担任豫州牧。作为得到人和的标本，刘备赚取人心最富标志性的事件便是摔孩子。说起来，不是玄德公不心疼自家孩子，只是和社稷大业相比，老婆孩子都是可以舍弃的下等货色，这从老祖宗刘邦那里便是如此，何况是颇具表演色彩的摔他一下。有意味的是，这位叫阿斗的使君之子，后来将祖宗的江山拱手相让，成了亡国之君。

在时珍大爷书里草部蔓草类项下，单有一味正叫作使君子。按照宋人的说法，俗传始因潘州郭使君疗小儿多是独用此物，因而得名。这位潘州郭姓使君，不详是否该级别长官出身，即便不是也拦不住大家用官名表示尊仰，其实，大夫郎中这些医家的熟惯称谓，原本就是正经的官职。

草莱出身的使君子，当然与纨绔子弟的阿斗不可同日而语，作为小儿诸病的要药，使君子颇负盛名，按照大爷的考证，魏晋时期它便已经用于婴孺之疾，起码拥有一千几百年的药品资格。它更早的名号是留求子，听着颇颇疑似东夷，字面却依然不脱小儿一科。

大爷描述它说，原出海南、交趾。今闽之邵武，蜀之眉州，皆栽种之，亦易生。其藤如葛，绕树而上。叶青如五加叶。五月开花，一簇一二十葩，红色轻盈如海棠。其实长寸许，五瓣合成，有棱。先时半黄，老则紫黑。其中仁长如榧仁，色味如栗。久则油黑，不可用。

尽管使君子的名头颇富本土味道，但它的正宗分布，当是印度、缅甸、菲律宾、印度尼西亚这样的热带亚热带地区，在这些原产地，它时常作为观赏植物和绿篱，爪哇人还将其幼嫩的枝条当作蔬菜。本土的出产极可能是传入，作为外来物种，它的落地十分柔和，归化润泽无声，乃至收获百姓拥戴，博得官二代的俊俏名头。甚至大爷对它的生态描述，几乎就是一款赢得口碑的零食点心，连久则油黑，都像极了糕点年深日久变质的哈喇。大爷的感慨是，凡杀虫药多是苦辛，惟使君子、榧子甘而杀虫，亦异也。其他前贤对其味道，也有如枣如椰的类似描摹，总之都是口舌之欲，而非寻常药石那般令人厌弃。

杀虫药因为禀赋灭虫毒性，苦辛原是本色，在食品的味觉上，人和虫其实没什么两样，虫吃的果子往往最甜，而良药苦口，正是反面写照。不料使君子剑走偏锋，专以口味诱惑，以人虫同好的甜点身段，包藏杀灭害虫的机心。其所以成为小儿诸病要药，除了它主治小儿五疳，小便白浊，杀虫，疗泻痢，健脾胃，除虚热，治小儿百病疮癣的实在功力，大约如榧如栗如枣如椰的可人口感，足以令难缠小儿欣然入口，最是难得。

　　药理试验表明，使君子提取物对人体外的蚯蚓、水蛭、猪蛔都有强悍的抑制作用，抑制过程则首先呈现刺激反应，随即导致麻痹运动失调，完全是孙二娘十字坡蒙汗药灌酒麻翻的路数，这该是它驱虫的根源所在。而同属人体寄生虫的蛲虫、寸白虫也即绦虫，也统统罗列在它的驱灭清单之上。甚至虫牙、酒糟鼻，都可一一清理，而且绝非外敷。咦，它的可口宜人，居然铺排成这般模样。

黑头

如你所知，何首乌是株有故事的草。韩愈的侄婿李翱，清人列入唐宋十大家，曾经不惮其烦地为它作传，大略是：何首乌者，顺州南河县人。祖名能嗣，父名延秀。能嗣本名田儿，生而阉弱，年五十八无妻子。常慕道术，随师在山。一日醉卧山野，忽见有藤二株，相去三尺余，苗蔓相交，久而方解，解了又交。田儿惊讶其异，至旦遂掘其根归。问诸人，无识者。后有山老忽来，示之，答曰：子既无嗣，其藤乃异，此恐是神仙之药，何不服之？遂杵为末，空心酒服一钱。七日而思人道，数月似强健，因此常服，又加至二钱。经年旧疾皆痊，发乌容少。十年之内，即生数男，乃改名能嗣。又与其子延秀服，皆寿百六十岁。延秀生首乌，首乌服药，亦生数子，年百三十岁，发犹黑。有李安期者，与首乌乡里亲善，窃得方服，其寿亦长，遂叙其事传之云。

长寿是人类最不懈的终极追索，传统社会对子嗣的繁衍也期待绵密持久。这两造正是缔造本故事的心理诉求。生而天阉，几乎是人之为人的最大负极，年近六十而竟然连产数男，便不能不令人叹为颠覆常识的传奇了。能嗣和延秀的名字都和繁衍搭界，首乌寓意的黑头则是长寿最昭彰的标识。其实，藤本植物的纠缠乃属习见，不过这株神仙之草遭到目击的情状，原本只是凸显了生殖能力的强劲，却在不知不觉间被附加乃至替换成了生命力的绵长。诚然，这种替换在传统文明的语境里往往是顺畅沟通的，尽管在体质上这终究是并非一致的两码事，但将其连类而及一揽子尽收囊中，也未必是小概率事件。令人狐疑的是，上天示爱的场景，得自醉酒之后的朦胧，藤蔓相交频数最直白的暗示本来该是采摘茎叶，不料却开掘到了根部。了却旧疾无疑是人生所愿，发乌容少则是比之鹤发童颜的神仙经典面貌更其为甚，几乎可以归为妖孽了。传奇得以流播的原因十分有趣，亲历者虽然仰慕道术，却没有种福田的济世慧根，终于是妖孽。对付妖孽当然不妨用下三烂的招数，亲近之人杀熟，果然窃而得手，不料这偷儿得了便宜居然肯于卖乖，仙药这才得以溅落民间。触犯道德底线霍然作偷的人，反而盗而有道，真的值得庆幸，否则芸芸众生又何从获益首乌呢。

按照前贤的说法，其药《本草》无名，因何首乌见藤夜交，便即采食有功，因以采人为名尔。苏颂也说，此药本名交藤，因何首乌服而得名也。但上引唐人李翱为其所作本传，原始采集人则是何首乌的祖父，这倒也无怪，想来总是何氏人等做了始作俑者，无论本人或者祖父，原也没有将命名权的肥水流落到外人田宅里，肉还是烂在自家的锅里。而祖父的上延，尤其对延年益寿，在时间线上更有说服力，一如药铺字号的愈老愈能赢得信任度，这从能嗣和延秀名字的意象赋值就可看出端倪，反而是首乌的名号更其本位，不似前两者那般专在生殖力上敷演修辞，再联系百六十和百三十岁的寿命落差，以及窃得方服的乡里亲近只云其寿亦长，不能不令人有一蟹不如一蟹的感喟。而交藤夜合，也果然是本草的称谓，只是远没有首乌的名头响亮。

进士出身后来做了丞相的宋朝人苏颂描摹这株仙药：春生苗，蔓延竹木墙壁间，茎紫色。叶叶相对如薯蓣，而不光泽。夏秋开黄白花，如葛勒花。结子有棱，似荞麦而细小，才如粟大，秋冬取根，大者如拳，各有五棱瓣，似小甜瓜。有赤白二种：赤者雄，白者雌。一云春采根，秋采花。九蒸九曝，乃可服。后人所认定的本草肥厚纺锤形块根，则是红棕乃至暗褐色，这便是所谓赤者，归属蓼科；而所谓白者，则是归属别科的另种了。揣测起来，所谓赤者雄白者雌，大约是用雌雄来标定偏正吧。

其实入药的块根是需要年份滋养的，前贤对此有略显夸张的界定：五十年者如拳大，号山奴，服之一年，发髭青黑；一百年者如碗大，号山哥，服之一年，颜色红悦；一百五十年者如盆大，号山伯，服之一年，齿落更生；二百年者如斗栳栳大，号山翁，服之一年，颜如童子，行及奔马；三百年者如三斗栳栳大，号山精，纯阳之体，久服成地仙也。

五十年者方才如拳大，看来苏颂所云大者，已经是原生态的上品了，居然只配作奴，服后的发髭青黑，倒的确是本草最为著名的功效。至于百年以上的山哥山伯山翁山精，仿佛千年老山参一般难得，因而所谓齿落更生颜如童子行及奔马乃至变成地仙的惊艳效力，几乎无从验证，只好由得前贤放纵想象了。倒是时珍大爷不肯夸饰，简捷直言：凡诸名山深山产者，即大而佳也。其间透露的，自是一团极富亲和力的实在平常心。

本药的主治口碑，主要集中在打理五痔腰膝之病，冷气心痛，积年劳瘦痰癖，风虚败劣，长筋骨，益精髓，壮气驻颜，黑发延年，妇人恶血痿黄，产后诸疾，赤白带下，毒气入腹，久痢不止，久服令人有子，治腹脏一切宿疾，其功简直不可具述。时珍大爷以为，何首乌，足厥阴、少阴药也。白者入气分，赤者入血分。肾主闭藏，肝主疏泄。此物气温，味苦涩。苦补肾，温补肝，涩能收敛精气，所以能养血益肝，固精益肾，健筋骨，乌髭发，为滋补良药。不寒不燥，功在地黄、天门冬诸药之上。气血太和，则风虚痈肿瘰疬诸疾可知矣。

大爷提到，此药流传虽广，服者尚寡。嘉靖初，邵应节真人以七宝美髯丹方上进。世宗肃皇帝服饵有效，连生皇嗣。于是何首乌之方，天下大行矣。

这却有些意思。自视甚高的李翱既然为本药作传，足见起码在唐朝本药就已经享誉了，大爷书中本草名下有宋开宝字样，也就是说，宋朝官修的《开宝本草》将其列入本草序列。如此看来，本药理当遭到追捧，但在大爷的叙述中，它貌似徒具声望却未入得主流医者的法眼，虽然长寿和乌发均属刚需，但服者稀少，直到明朝嘉靖年间，才由道士以美髯的名义进献皇室，但真正的对症却在绵延皇嗣。由于宫廷于民间影响的强劲，本药才终于天下大行起来。

至于邵真人进献的七宝美髯丹，字面显示的虽然是乌须发，但那不过是用一床锦被替皇家遮蔽隐衷，美髯旗下的乌须发固然不假，但实在真谛则在于壮筋骨，固精气，续嗣延年。鉴于这些诉求至今依然刚性披靡，于是不避文抄，实录于下，以飨穷通贫富各色人等：

用赤白何首乌各一斤，米泔水浸三四日，瓷片刮去皮，用淘净黑豆二升，以砂锅木甑铺豆及首乌，重重铺盖蒸之。豆熟，取出去豆暴干，换豆再蒸，如此九次，暴干为末。赤白茯苓各一斤，去皮研末，以水淘去筋膜及浮者，取沉者捻块，以人乳十碗浸匀，晒干研末。牛膝八两去苗，酒浸一日，同何首乌第七次蒸之，至第九次止，晒干。当归八两，酒浸晒。枸杞子八两，酒浸晒。菟丝子八两，酒浸生芽，研烂晒。补骨脂四两，以黑脂麻炒香。并忌铁器，石臼为末，炼蜜和丸弹子大一百五十丸。每日三丸，侵晨温酒下，午时姜汤下，卧时盐汤下。其余并丸梧子大，每日空心酒服一百丸，久服极验。忌诸血、无鳞鱼、萝卜、蒜、葱。

诸多药品，以及令人目光迷离的人乳，加上繁复的制作，果然是皇家才配招呼的秘方，权贵和豪富也有实力跟风，而本丹尤其需要久服才能极验，这便足以令普罗阶级的劳工劳农绝望。而本药的诸般禁忌，几乎是大众食谱中的经典元素，所以即便有如李姓乡亲机缘巧合觅得乃至窃得足量药丸，也很难在日常饮食中规避上述禁忌，于是本丹药真的只配富贵做底气讲究生活质量的有闲人物享用。这是生活的实在或曰无奈，不是权利平等的口号能够抹平的。倒是同样有闲的出家人，荤腥的戒条偏巧正合本药所忌诸项，不妨俨然一试，况且驻颜有术筋骨强健乃至长寿，一向是高僧大德的常规符号，那款丹药原本也是道家真人的奉献，于是愈发天经地义起来，就中只有跳脱的人乳，略略有些麻烦，不知合否出家人的清规戒律，待考。

妾身

汉乐府名篇《焦仲卿妻》中刘兰芝曾有誓言曰：君当作磐石，妾当作蒲苇。蒲苇纫如丝，磐石无转移。坚如磐石，韧如蒲苇，用磐石蒲苇分别譬喻男女情爱的坚实牢固，果然不愧巧思。不料，这样的巧思也有纰漏，仲卿后来便有误解的怨怼：磐石方且厚，可以卒千年。蒲苇一时纫，便作旦夕间。

相比磐石，蒲草芦苇当然不可以卒千年，但其柔韧却有不输于磐石的功用，而较之芦苇，蒲草似乎更有胜出。蒲包蒲席蒲扇蒲衣蒲团，都是日用的常品，尤其是后者，更成为僧人坐禅和跪拜的必需，几乎是佛门的标志物。蒲草还可以做成船帆，唐朝时扬子江钱塘江上，有数十幅蒲帆的大船。用蒲草包裹车轮，便是著名的蒲车，古代帝王封禅和征聘隐士，都会动用它。有趣的是同是蒲草裹轮，两者的取法居然并不相同：用于封禅的蒲车，意在避免车轮伤害山上的土石草木，而征聘的蒲车，则是减震以利乘坐的舒适。蒲草的图案还出现在璧玉之上，作为标志邦国等级的祥瑞，蒲璧是男爵所持的器物。而蒲草制作的鞭子，居然作为刑具，聊以示辱，从而体现用刑者的宽仁，不肯加痛楚于人。

前贤描述蒲草云：处处有之，春初生嫩叶，未出水时，红白色茸茸然。取其中心入地白蒻，大如匕柄者，生啖之，甘脆。又以醋浸，如食笋，大美。至夏抽梗于丛叶中，花抱梗端，如武士棒杵，故俚俗谓之蒲槌。其蒲黄，即花中蕊屑也。细若金粉，当欲开时便取之。市廛以蜜搜作果食货卖。

看来除了茎叶的柔韧多用，蒲草更是以一种野生食品的面目出现，也即前贤盛赞的甘脆大美如食笋，《诗·大雅·韩奕》中有"其蔌维何，维笋及蒲"的句子，直截将其与味道鲜美的竹笋媲美。《大雅》乃朝会燕享之作，作为一枚草根，蒲草那时已经晋身贵族食谱。生啖之外，它还可以炸食蒸食以及晒干磨粉作饼食。唯其如此，蒲草被称为香蒲和甘蒲，有别于菖蒲的臭蒲。

蒲槌又叫蒲棒，是蒲草的花穗，黄褐的颜色，棒槌的形状，前贤视为武士的兵器，但看上去其实颇有肉的质感，其中金粉一般的花粉，便是著名的蒲黄，是人多食之而小儿尤嗜之的吃食，只是不可多食，否则极能虚人。不过作为蒲草身上最正宗的药材，蒲黄还是被本经列为上品。主治繁多：心腹膀胱寒热，利小便，止血，消瘀血，久服轻身益气力，延年神仙；治痢血，鼻衄吐血，尿血泻血，利水道，通经脉，止女子崩中，妇人带下，月候不匀，妊妇下血坠胎，下乳汁，种种。

如笋的蒲蒻，在本经里并未胪列，可见它原是谨守食材的本分，但在泛药观念的传统医学看来，它依然有与蒲黄一以贯之的斐然疗效：五脏心下邪气，口中烂臭，坚齿明目聪耳，久服轻身耐老；去热燥，利小便，止消渴，和血脉，补中益气；更能治妊妇劳热烦躁，胎动下血。

　　除了去臭祛邪的琐细和坚齿明目聪耳轻身耐劳的延年，蒲草的入药，似乎尤其对女人多有呵护：崩中带下，坠胎下乳，妊妇劳热，月候不匀，都能熨帖打理。这样看来，乐府里妾当作蒲苇云云的誓言，或许并非随意取譬，而其实大有深意存焉。仔细想来，柔韧可人，甘脆窝心，乃至人多食之却不可多食的脾性，蒲草真的不妨担当妾身或曰传统女性的草本代言呢。

轻浮

荣府里潦倒不通庶务愚顽怕读文章的宝玉，因见了惺惺相惜的秦钟，便动了上学的念头，这天到书房向父亲请安，说起上学，贾政不免冷笑，问起跟宝玉的奴才李贵，念了些什么书，李贵忙答说，哥儿已经念到第三本《诗经》，什么"攸攸鹿鸣，荷叶浮萍"，小的不敢撒谎。不想这番话引得满座哄然大笑起来。

大约只有经过传统文化洗礼的人方才明白这大笑的道理。《诗·小雅·鹿鸣》云：呦呦鹿鸣，食野之苹。李贵是粗人，听起经文来难免含混，于是有荷叶浮萍之噱。按照时珍大爷的解释，苹即皤蒿，陆生的白蒿，俗呼艾蒿是矣。鹿食九种解毒之草，白蒿其一也。白蒿有水陆两种，形状相似，但陆生辛熏，不及水上者香美尔。鹿乃山兽，其所食之苹，自然以陆生方是。不过，的确有小学家将此苹解释为并非蒿属的浮萍，尽管在情理上未必说得通，却为李贵的含混其词，提供了阴错阳差的佐证，所谓卑贱者最聪明，仿佛是也。政老爷和清客相公们倘若果然用力于经学，听了李贵的含混，固然不妨发噱，大笑却是不厚道了。

被李贵含混其词的浮萍，又叫水萍，时珍大爷描述道：处处池泽止水中甚多，季春始生。或云杨花所化。一叶经宿即生数叶，叶下有微须，即其根也。一种背面皆绿者；一种面青背紫赤若血者，谓之紫萍，入药为良，七月采之。

《礼记·月令》描摹季春之月的物象，正是桐始华，虹始见，萍始生。可见浮萍乃是季春的时令元素。所谓杨花所化，自是古人察物不细所致。叶面倒卵形椭圆形或近圆形簇生于水面的浮萍，生物学分类上竟然是槟榔亚纲的一种，雌雄同株是它的主打，根无附着漂泊无定的水性，令它颇富文学意象。聚合的偶然和短暂，行踪的不定，身世的漂泊，都在它的身上得以投射。短命才子王勃堪称绝笔的《滕王阁序》中有句：萍水相逢，尽是他乡之客。号称诗史语不惊人死不休的杜工部亦有诗云：相看万里别，同是一浮萍。个中自可读出惆怅和凄惶。

身负如此意象的浮萍，到了镇日辛苦的劳工劳农手里，只好褪去文艺的虚应，变身为家畜家禽的扎实饲料乃至鱼苗的优质饵料，甚至稻田的绿色肥料。看来任何惆怅和凄惶，都要让位于琐碎坚硬的生活。相比这样颇具力度的身份转换，入药反倒是一桩平添雅趣的去路了。

担任药材的浮萍，发汗，利水，消肿，散湿。时珍大爷发明道：浮萍其性轻浮，入肺经，达皮肤，所以能发扬邪汗也。世传宋时东京开河，掘得石碑，梵书大篆一诗，无能晓者。真人林灵素逐字辨译，乃是治中风方，名去风丹也。诗云：天生灵草无根干，不在山间不在岸。始因飞絮逐东风，泛梗青青飘水面。神仙一味去沉疴，采时须在七月半。选甚瘫风与大风，些小微风都不算。豆淋酒化服三丸，铁幞头上也出汗。其法：以紫色浮萍晒干为细末，炼蜜和丸弹子大。每服一粒，以豆淋酒化下。治左瘫右痪，三十六种风，偏正头风，口眼㖞斜，大风癞风，一切无名风及脚气，并打扑伤折，及胎孕有伤，服过百粒，即为全人。

大爷的这段发明，颇有些意味。一款治中风的方子，托身诗词，凿刻于石碑之上，并且用刁钻的梵书大篆书写，且又深埋地下，倘若不遇政府的开挖工程，简直难以得见天日，想来其初衷原本并非种植福田，而意在略显阴暗的秘而不宣。这自是陋习，也是祖国传统医学未得以发扬光大的个因所在。该诗形似文艺，实则粗朴，不过是将一款水草升级为仙药的通俗道情，或曰口水歌谣。大约正是鉴于该方独一味的简单，偏又能顿起沉疴，攻伐广谱，药力神奇，功效卓著，才会有那一通梵书的障眼，土埋的秘藏吧。诚然，如此善存的秘方，是否真的那般神奇，鉴于相关数据的缺失，就不得而知了。

其实，按照大爷书中本条主治项下所列，又远不止于上述：下水气，胜酒，长须发，止消渴，利小便，久服轻身，以及霍乱心烦，鼻衄不止，大肠脱肛，弩肉攀睛，汗斑癜风，杨梅疮癣，乃至烧烟去蚊，都能一网打尽。莫道浮萍水性，料理各色顽疾杂症，却一反轻浮，绝非花拳绣腿，而是刀刀见血，着着入肉，没有丝毫的含糊。

宿命

说来有趣，许多菜蔬名字中未必带菜字，而带菜字的却未必被当作是菜，譬如千古流芳的荇菜。

说荇菜千古流芳，当然不是在意它的花是否香气袭人，而是因为号称本土最早的诗歌总集《诗经》，开篇第一首便提到了它。《诗经》的开篇虽然叫作《关雎》，但那只是取其首句命名篇章而已，本篇被反复咏叹的便是荇菜，或者说就是以它为核心元素展开的。

将荇菜写入诗篇，无疑以《诗经》最早，也唯其如此，荇菜博得了披靡的知名度。按照前贤的阐释，荇菜白茎，叶紫赤色，正圆，径寸余，浮在水上，根在水底，与水深浅等，大如钗股，上青下白。鬻其白茎，以苦酒浸之，肥美，可案酒是也。

这样看来，尽管荇菜归属于水草，但就人本观念出发，它终究不过是一道下酒的小菜，因而其所后缀的菜字，原本正是定性，只是后人更多将其判定为草罢了。推详起来，寻常许多所谓菜，其实原本就是草，只是被祖宗们品尝发现后，经过不厌其烦的选育栽培，才让它们脱离草根，变身为专供人类咀嚼的菜。

荇菜丛生水中，长短随水深浅，夏月开黄花，间或也有白花，结实大如棠梨，中有细子，处处池泽有之。不过将其列入食材的，还是食谱广泛的江东人。所以《楚辞》里也着意提到了它，不过启用的是它另一个名号紫茎屏风。屏风的命名听起来有些吊诡，具体取法不得而知。《关雎》是周南国风，周南的地理概念当指成周以南，周的南界为伊阙，地在洛阳，而这该是周南的北端，从此以至江汉一带，都是周南的区域。从命名上看，它正是周时南国之歌。如此，则用它入诗起兴，原是十分自然的事。

从《关雎》的词句看，无疑是咏叹男女之情的酸曲，而荇菜成为要素，大约因为酸曲指认的女子，正在采集它，所谓左右流之采之芼之，都不过是采集水草的动作。然而，《诗经》既然称为儒家经典，当初圣人删定时或许会有人之大欲存焉的出发，而后世的徒子徒孙却不免以天理的名义演绎所谓后妃之志，于是有"后妃有关雎之德，乃能共荇菜，备庶物，以事宗庙"，也就是说，采集的荇菜乃是后妃们助祭享神的供品，并且荇菜之荇也被声训为德行之行。这样的解释在外人看来，颇具诡异的书卷气息。就供品而言，荇菜上青下白的容貌，倒也正当其选，不输什么。况且，本土所谓祭献，无非是打着列祖列宗的名义，给自己预备下饕餮的吃食。说了归齐，荇菜依然没有挣脱一款下酒小菜的宿命。

负责浸渍荇菜白茎的苦酒，其实就是大众耳熟能详凉拌菜蔬的当家调料醋。不过据说有些地方的吃法是将其烂煮，而味道则是如蜜，号称荇酥。与生食的肥美相对，煮食的口碑乃是如蜜如酥，荇菜一手托两家，生熟通吃，案酒的滋味，想来相当馥郁。不过烂煮的食法，据说连相关郡志也失于记载，只流行于渔人野夫之间，知之者绝少，虽然口碑如蜜，想来是上不得席面的村野食蔬，登不得大雅之堂，宜乎其失传也。其实，即便写入经传的凉拌食法，后人也早已弃而不食，如此则所谓生熟通吃，馥郁的滋味，竟成绝响。

从药材的角度讲，尽管医方鲜用，然水草菜根的荇菜，其茎叶根花，并可伏硫，煮砂，制矾，理当用途广泛。本菜气味项下，果然与如蜜呼应，写明：甘，冷，无毒。论到主治，内服则治消渴，去热淋，利小便，疗寒热；外用则捣傅诸肿毒，火丹游肿：虽云寥寥，却也颇著大用。

消渴便是西医所谓糖尿病，乃富贵难缠的症候，并且饮食方面相当忌口。而根苗青白的荇菜，原本便是生熟皆宜的小菜，偏能料理如此症候，正当从失传中打捞出来，列入本症正宗食谱，借其肥美如蜜的口感，寓疗伤于口腹之欲，造福的功业，胜造N级浮屠。

有意味的是，时珍大爷书中，本条所附诸方，居然全是外用，譬如一切痈疽，谷道生疮，点眼去翳，最奇崛的是毒蛇螫伤：牙入肉中，痛不可堪者，勿令人知，私以荇叶覆其上穿，以物包之，一时折牙自出也。

本方出自著名的《肘后方》。毒蛇在前科技时代，是人类日常习见的异类，也是令人胆寒的尤物，被它咬伤的事经常发生，蛇药因而成为足以给子孙后代致富的饭碗。但蛇牙的嵌入，则是寻常蛇药未必能够打理的刁钻局面，而咏叹情郎妹子的荇菜，却可以从容搞掂，无愧它千古流芳的令名。最妙的是敷药时的勿令人知，颇颇使人无从揣测所以如此的机心，本来一桩拯危济困的积善之举，偏要步入掩人耳目的暧昧路径，原是正大堂皇的后妃之志，无端抹上暗夜偷情的嫌疑，流芳的声名，顿时有堕入泥淖之虞，真真令人扼腕揪心。

千年润

如果从医者圣人心的立论出发，早就研制出的埃博拉疫苗应该不会将后期试验拖期积年，洋人的大规模药剂公司之所以投入数十亿计的经费倾注于肥胖阳痿乃至秃头，而不屑于夺人性命的埃博拉病毒，只好是利益所致。

同样道理，石斛遭到许多养生节目的追捧，无非是传说中它被道家看重，将其与雪莲人参灵芝珍珠之类列为仙草，医学经典里罗列的诸如强阴益精，厚肠胃，补内绝不足，平胃气，长肌肉，轻身延年，补肾益力，健阳，壮筋骨种种，民间所谓救命仙草的魔幻口碑，其实都立足于经济底气导致的富贵症候，更适宜滋润医者的饭碗。毕竟，吃不饱饭的普罗大众，囊中羞涩，根本不足以为劳心劳力的医者提供丰厚的回报，圣人终究也是要吃饭的。

石斛的名字听上去颇有学问的样子，实际上它还有金钗、禁生之类的种种别号。按照时珍大爷的解释，石斛的名义属于未详，也就是说缺乏明确的释名依据。不过，石斛生于石上，就生态习性而言，起码名字中的石是有着落的。斛是计算粮食的筒形量器，也是容量的单位，早年十斗为一斛，南宋末年改为五斗一斛，两斛一石。有人以为石斛的斛，乃是描摹的花形，倒也有些依稀模样的道理。至于金钗的名号，时珍大爷说是其茎状如金钗之股，并引笔记的记载，某山多石斛，精好如金钗。至于禁生，听起来不免一头雾水，不过联系石斛可入茶饮，清热生津，清肺补脾，或许那禁生之名当与发声有些瓜葛也未可知。

大爷对石斛的生态描述是：石斛丛生石上，其根纠结甚繁，干则白软。其茎叶生皆青色，干则黄色。开红花，节上自生根须。人亦折下，以砂石栽之，或以物盛挂屋下，频浇以水，经年不死，俗称为千年润。所谓砂石栽之盛挂屋下，很有些吊兰的模样，而石斛在生物学的分类正属兰科。

陶弘景指出，另有生于栎木上者，名木斛，其茎至虚，长大而色浅。不入丸散，惟可为酒渍煮之用。而生于石上的正宗石斛，俗方最以补虚，疗脚膝。这位隐居茅山游意方技的胜力菩萨，果然留意到俗方于石斛的补药取法，这倒也正可与其千年润的俗称呼应。而包括苏颂和大爷在内的医家，都以为惟生石上者为胜，至于产地，则有广南蜀中的时代差异。

石斛的入药乃是其肉质肥厚的茎，主治项下，除了前述种种，尚有：伤中，除痹下气，补五脏虚劳羸瘦，益气除热，益智清气，治男子腰脚软弱，逐皮肌风痹，骨中久冷，等等。

雷敩强调，石斛镇涎，涩丈夫元气，酒浸酥蒸，服满一镒，永不骨痛也。大爷则指出：石斛气平，味甘、淡、微咸，阴中之阳，降也。乃足太阴脾、足少阴右肾之药。深师云：囊湿精少，小便余沥者，宜加之。

如此论述，果然印证石斛的补虚功效。不过，永不骨痛的说法未免大言，有些江湖气息。大爷提到的深师，即南北朝宋齐之间的僧深，以医术知名，善治脚弱，撰录诸家药方三十余卷，经用多效，号称《深师方》，其中脚弱一方就达近百首，堪称丰赡。《深师方》久已亡佚，好在众家医书对其多有引录，如同许多亡佚之书，散存于其他著作之中。而大爷此处所引，确是关涉补虚以及疗治脚弱的对症之论。

有趣的是，大爷书中本条所收的附方，却与补虚以及前述强阴益精轻身延年补肾益力种种乃至清热生津清肺补脾统统不大相干，并且极具八卦诱惑。譬如，睫毛倒入：川石斛、川芎藭等分，为末。口内含水，随左右嗅鼻，日二次。嗅鼻而连类倒睫，听起来仿佛旁门左道，但从解剖学上未必没有学理依据，属于正面不攻侧面攻的思路，而口内含水，想来是堵塞岔路，保障药力输送管道的正途引导。

另一则的症候也是吊诡，飞虫入耳：石斛数条，去根如筒子，一边𫆭入耳中，四畔以蜡封闭，用火烧石斛，尽则止。熏右耳，则虫从左出。未出更作。飞虫入耳的情形当然要比倒睫凶险，因此采取的对策也更富力道，俨然是烟熏狡兔黄鼬的路数。对付畜生，人类一向动用的是最为无情的水淹火燎，而耳道忌水，只好取火攻一路的烟熏。只是条状的石斛𫆭入耳中，居然还要用蜡封紧，再用火烧，一派埋雷插捻做爆破的架势。五官娇嫩，不料此方偏要弄险，欺近点火，令人不免捏一把汗。然考虑到耳道内勾连四达，一旦那虫狂奔乱钻起来，歧路亡羊，遍寻不着，后果实在堪虞，因而只得险中求生，必欲除之而后快，一作不成也只能再作再再作，直至将其驱逐出境为止。

第二辑

谷部

吾土吾民

乌斯藏国界地面高老庄高太公家老闺女翠兰，年方二十岁，因指望招个养老女婿，撑门抵户，做活当差，不曾配人。不期被个妖精占了，整做了三年女婿。这女婿便是福陵山云栈洞的猪刚鬣。刚鬣听起来像刚烈乃至肛裂，其实是古人对猪的一种称谓。这刚鬣听观世音劝善，受了戒行，跟了唐僧，叫了八戒，千辛万苦，终于修成正果，却被如来以又有顽心，色情未泯，虽挑担有功，只受职做了净坛使者。相比唐僧、行者的成佛，甚至沙僧的金身罗汉，八戒的职级果然不够高大。不过，在灵鹫峰极乐世界大众合掌皈依齐声赞颂的序列中，他俨然和观世音、大势至以及文殊、普贤一样，被尊为菩萨，须不是等闲之辈。

八戒对别人成佛，自己只做个净坛使者，当时有委屈，如来却说，因汝口壮身慵，食肠宽大，天下四大部洲，凡诸佛事，教汝净坛，乃是个有受用的品级。

受用云云，自是糊弄吃货的说辞。说起来，八戒的食肠宽大，乃是因口壮身慵，消化力强悍；又有一物，却因能炼五脏滓秽，同样禀赋降气宽肠之功，民间的口碑称道，一年沉积在肠胃者，食之亦消去也。这位足以和猪刚鬣或曰净坛使者菩萨并肩颉颃的神物，便是荞麦。

赤茎绿叶，开小白花，结实累累如羊蹄，果实三棱，荞麦算得上是著名的粮食作物。它像所有苦孩子一样，生性皮实，不屑挑拣，可以在贫瘠的土地里生长，不需要过多的养分，唯一的生理诉求就是爱喝水。当没顶的水灾让其他作物绝收时，生长期短的荞麦，是最经典的救荒补种品种。

和稻麦黍稷玉米高粱等主力粮食作物均归属禾本科不同，荞麦在分类学上是蓼科植物。这样另类的属性，除了为它的贪水提供本性支撑，或许还可以解释它在肥沃的土壤中相比其他粮食的产量偏低，而在贫瘠的土地里反而更为适应，苦孩子果然不屑娇惯。主力粮食作物大都身娇肉贵，往往抵挡不住丛生杂草的侵犯，非主流苦出身的荞麦，生命力强悍，反而让原本生长猖獗非我族类的杂草，无从存活，尸横遍野，因而赢得窒息作物的响亮称号。

农业文明发育充分的本土，也是荞麦的发祥地。在水旱连绵丰歉难以捉摸的漫长背景下，耐贫瘠生长快的荞麦，可谓得其所哉，是货真价实的吾土吾民。元代王祯的《农书》荞麦条下说：北方多种，磨而为面，作煎饼，配蒜食。或作汤饼，谓之河漏，以供常食，滑细如粉，亚于麦面。南方亦种，但作粉饵食，乃农家居冬谷也。

所谓河漏，该是对面团从底有漏孔的床子上轧下落进汤锅里的制作过程之扼要描摹。更文雅的名号是饸饹，标榜了食品属性，却少了描摹的生动。而亚于麦面，当然说的口感，所以才是没有劳作的冬日打发农闲的口粮。

粮食身兼药材，该是药食同源最披靡的case。粮食出身的荞麦，担任药材时的主治，最核心的，当然是实肠胃，益气力，续精神，以及前面提到的能炼五脏滓秽和降气宽肠，这些都肇因荞麦富含植物纤维和不易转化为脂肪的植物蛋白，所以它又叫净肠草，听着和净坛依稀有些仿佛。此外，磨积滞，消热肿风痛，除白浊白带，脾积泄泻，治痢疾及绞肠沙痛，乃至压丹石毒，都是入药的荞麦身上班班不俗胜迹。

作为目光犀利的真人，孙思邈对荞麦提出警示：食之难消，久食动风，令人头眩。作面和猪、羊肉热食，不过八九顿，即患热风，须眉脱落，还生亦希。泾、邠以北，多此疾。又不可合黄鱼食。

食之难消在充饥才是硬道理的短缺经济时代，原是食品最根本的元素。作为农闲时节的口粮，也是它最相宜的要点。不过，久食动风，却是荞麦作为口粮的死穴。作面和猪、羊肉热食，其实是它令人食指大动的经典吃法，但食后居然会须眉脱落，难以生还，则是性命交关的凶险事件。鉴于荞麦的口感，这样的凶险当然不会来自食必兼味的富足阶层，而只好是镇日劳作难得享受的乡亲。想来早年陕北一带乡亲性子豪爽，嗜欲面前，贪图口爽，连吃下来，不免中招。然从养生立论，不止荞麦，任何可口的东西，都并不方便摁住一样连吃不辍，富足阶层挑剔的饮食习惯，果然是生活优裕的智慧选择。

时珍大爷的分析是，荞麦最降气宽肠，故能炼五脏滓滞，而治浊带泄痢腹痛上气之疾，气盛有湿热者宜之。若脾胃虚寒人食之，则大脱元气而落须眉，非所宜矣。看来所谓益气力，原是未必的。而孙真人危言耸听的凶险事件，应该也是源于食客体质的不适宜。

说起来，难消化和治泄泻有些相反不相成的吊诡，然而大爷偏偏现身说法，提供范例。大爷自言，壮年时有次患病，肚腹微微作痛，如厕便泻，泻也不多，但白天晚上总有多次。缠绵两月，大爷渐渐消瘦虚弱，用了消食化气之药，却全不奏效。也是机缘巧合，一位僧人听说了，传授大爷一方：单用荞麦面一味作饭，连吃三四次，竟然痊愈。大爷以为这正是荞麦所谓炼积滞之功的证明。

荞麦的另一件吊诡则是，多食动风，却又能治风。某人头风畏冷，无论冬夏，头上常年缠裹几层绵，三十年不曾治愈。另一位叫作李楼的大爷接诊，用荞麦粉二升，水调做成两张饼，交互合在那人头上，捂到微微出汗，居然好了。

如同对家畜典型品种猪的食肉寝皮敲骨吸髓，本土对荞麦的利用，也采取一种穷极罄尽的姿态，果实，叶片，秸秆，皮壳，全须全尾，无一遗漏。譬如荞麦叶，当菜吃下，可以下气，利耳目。和果实相似，荞麦叶也不能多吃，否则即微泻。孙真人再次提醒，生食，动刺风，令人身痒。看来荞麦不论果叶，都是招人怜爱却又不容持久，仿佛《聊斋》中莫测的狐仙。

荞麦的秸秆，烧灰淋汁取碱熬干，同石灰等分，蜜收，是烂痈疽，去靥痣的良药。痈疽在前科技时代是足以致命的危症，多痣则不免是某些潜伏病灶的外露表征，都是去之唯恐不及的烦恼，荞麦舍弃躯体，烈火焚身，化作灰烬，消弭人间病患于无形，树大功德而不求闻达，是真正的大慈悲。秸秆的穰芯编席是最熟惯的农家副业，而荞麦穰编织的席子，铺炕铺床可以驱除虱子臭虫，这在一向不讲究居处卫生的本土，颇具一劳永逸之功，果然一举两得，惠而不费，是舍身之外的另一桩功德。

荞麦的皮壳是声名不输于果实的好东西。不过，在大爷的书中，荞麦条下并未提及皮壳，提及的则是另立条目的苦荞麦。本土栽种的荞麦有三种，甜荞、苦荞和翅荞。甜荞是栽培最多的常品，苦荞则生长西南。苦荞又叫鞑靼荞麦，鞑靼是中土对北方游牧民族的统称，不料落实到种荞麦，却位移置换到了南边。

大爷说，苦荞出南方，春社前后种之。茎青多枝，叶似荞麦而尖，开花带绿色，结实亦似荞麦，稍尖而棱角不峭。其味苦恶，农家磨捣为粉，蒸使气馏，滴去黄汁，乃可作为糕饵食之，色如猪肝，谷之下者，聊济荒尔。看来相比甜荞，苦荞是更等而下之的救荒杂粮。而味道苦恶，又不免将苦孩子之苦，发挥到极致。最要命的是，苦荞也和甜荞禀赋同样的劣根，多食伤胃，发风动气，能发诸病，黄疾人尤当禁之。

苦荞身上唯一能入大爷法眼的，正是它的皮壳。苦荞皮会同黑豆皮、绿豆皮、决明子、菊花，一同作枕芯，号称明目枕，能至老明目。由此也可以看出，一向博有盛名的荞麦皮，其实只该是苦荞皮，其他则是乱人耳目的泛滥品。乱巧的是，被目为最正宗的苦荞皮壳，如今正出产于北地的内蒙古，算是鞑靼名号的地理回归，被大爷打入谷之下末流的苦荞，时下反而是荞麦乃至所有粮食作物中，最富养生价值的翘楚。

绝非败子

一种作物，叶子像稻，子实像黍米也即黄米，可以食用，却被归入异类，批为害草，这便是窦娥一样遭际蒙冤的稗的悲催故事。据说稗一斗可得米三升，的确不及五谷出数。不过，仔细检讨起来，稗之不被接纳为谷物，最大的症结当在于它的口感微苦，不及五谷甘美。孟子便说过，五谷者，种之美者也；苟为不熟，不如荑稗。也就是说，当五谷歉收时，反而不及稗子可以果腹。所谓忠臣，都是在国难当头时才被想起，稗子平日遭人排斥厌弃，到了荒年凶岁，方才拂尘启动，进入粮食系统，被体制内所接纳，拿来救急。荒年之外，因为会与谷物争夺地力，妨碍正经粮食品种的生长，终究逃不脱非农的归属，于是稗子的惯常下场便是被义无反顾地除掉。所以时珍大爷直言，稗乃禾之卑贱者也。

然而稗子绝非败子。既然它足以担任救荒的备胎，想来古人对它也并非赶尽杀绝。譬如经典辞书《说文》对稗的定义便是禾别也，段注的解释是禾类而别于禾，字面的直解该是另一种禾。这样的评价，远比时珍大爷的粗暴声训温暖许多。晋朝的杜预说，稗，草之似谷者。稗有米似禾，可食，故亦种之。前贤行文简略，不谈口感，只用一个似字寓意褒贬，而可食和亦种之，则将稗当作嘉禾之外的别样口粮，意义当不止于备荒。

陶弘景则说，稗子亦可食。又有乌禾，生野中如稗，荒年可代粮而杀虫，煮以沃地，蝼、蚓皆死。前贤说，稗有二种，一种黄白色，一种紫黑色，后者便是所谓的乌禾。乌禾的价值，除了代粮充饥，还可以煮水浇地灭虫，无疑是绿色的生态农药，只是害虫的蝼和益虫的蚓，统统一揽子剿灭，下手未免忒狠，倒也印证名字中的黑。

口感的微苦，令稗废然于五谷的正统，却正巧方便它入药。谚曰良药苦口，苦口于是不免成为良药的标签。不过，在时珍大爷的书中，稗米也即稗之子实的主治项下，却只有作饭食、益气益脾的寥寥陈述，姑且是煮粥炊饭磨面食之的粗粮细作，不过食疗同源的老生常谈。真正担当药品的，是稗的苗根，而其对症，居然是金疮及伤损，血出不已。按照大爷的说法，捣傅或研末掺之即止，甚验。也就是说，作为一款金疮止血药，它拥有立竿见影的神效。

如此看来，稗的救急，真的不止备荒充饥，子实做粮，根苗制药，真的不妨成为官私府库的必备。这时再来回顾大爷那句稗乃禾之卑贱者云云的冰冷断言，令人颇有屌丝也能成大器的天壤感叹。用刘秀劳军诏书的话说便是，失之东隅，收之桑榆。替换一句被引用到熟烂的西谚则是，上帝关上一道门，又会打开一扇窗。

口实

东汉名将马援，为光武帝经营陇西，颇受器重。交趾女子徵侧徵贰造反，自立为王，攻略岭南六十余城。光武帝拜马援为伏波将军，领兵南下，平定岭南，二徵传首洛阳。马援封侯，食邑三千户。

岭南暑热，山林茂盛，瘴气弥漫，致人疾病。马援命人就地采集一种能够轻身省欲的果仁，时常服用，抵御瘴气。还军之日，马援还装满一车果仁带回作种子。岭南的这种果仁颗粒大，京城的人哪里认得，都以为是岭南特产的珍贵罕物。后来，六十二岁的马援远征武陵五溪时，病死军中。奉旨监军的皇帝女婿，素来衔恨于他，乘机构陷，皇帝大怒，追回了马援的爵位。之前不知为何物的那车果仁，也被人说成是明珠文犀，皇帝越发震怒。矢志死于边野马革裹尸的伏波将军，竟然连葬入祖坟都不得。

这车抵御过瘴气又惹来麻烦的果仁，其实不过是平泽田野间生长的禾本科植物薏苡的果实。薏苡在本土的栽培历史久远，用时珍大爷的话说便是人多种之，属于主流作物品种之外的粮食。入药的薏苡，则以常山真定所产最是正宗，而交趾所产果仁最大，这大约是由于薏苡性喜温湿所致。薏苡仁的形状的确圆润如珠，不过被谗言为珍珠，实在是失察的冤案。光武帝号称中兴，政治智慧当不缺乏，只是谗言面前，也如其他圣明君主一样，没有例外的听信，只好说，功臣的下场总是令人扼腕。

翻检薏苡仁的主治项目，颇颇繁多，健脾益胃，补肺清热，祛风胜湿，破毒肿，止消渴，杀蛔虫，连炊饭作面食主不饥都罗列在目，这该是它薏米称号的由来。至于马将军用来抵御瘴气的用法，并不在主治范围之内。本经上的确写明久服轻身益气，这也的确足以提高免疫力，进而有益于抵御瘴气，但所谓省欲的功效，则遍寻不见。史书上说，岭南班师，军吏经瘴疫死者十四五，想来薏苡的抵御瘴气，更多是强身预防意义上的。当然，薏苡的其他功力，于军旅亦多有裨益，这倒是可以告慰马将军的元素，否则枉费他带回满满一车种子，还成了他死后遭际谗谤的口实。

除了薏米，薏苡的根也是入药的良品。陶弘景说它煮汁糜食甚香，去蛔虫，大效。陈藏器强调它煮服，堕胎。时珍大爷看重的则是捣汁和酒服，治黄疸有效。杀虫灭黄疸乃至堕胎，看起来略略有些不搭，不过秉持的剿灭思路，倒是一以贯之。

关于薏苡的品种，时珍大爷还有细致分析，一种尖而壳薄，其米白色如糯米粘牙，可作粥饭及磨面食，亦可同米酿酒的，是正宗的薏苡。一种圆而壳厚坚硬且米少，只方便穿作念经数珠，则是菩提子。

这该是双赢的两造。正宗的不妨入药乃至作饭，偏门的正可广结善缘，所谓左右逢源或者逢缘，便是如此了。况且，以它禾本的出身，也果然印证了菩提本非树的著名论断，算得是一段功德，真的是善哉也。

附带一句，马援死后120余年，马氏家族又有一员名将降生，他便是被曹孟德视为心腹之患，皇叔刘玄德帐下的骠骑将军马超。此是后话，不提。

佛豆

鲁迅先生的《社戏》里讲，看戏回程中，大家想吃点心，而罗汉豆正旺相，岸上的田里，乌油油的正都是结实的罗汉豆。至于豆的味道，先生说，真的，一直到现在，我实在再没有吃到那夜似的好豆。

罗汉豆便是蚕豆，之所以叫罗汉，自然起因于它圆滚的外形，另外的佛豆称号也是同样取法。按说这该是个有佛性的名字，偏巧这仿佛罗汉或者我佛的豆子却是要吃的，于是这佛性不免含混起来，甚至说游离乃至悖逆也不为过。好在禅宗里有佛是干屎橛的警句，比起排泄物，入口的食物似乎不会更加不敬。至于何以叫作蚕豆，时珍大爷以为是豆荚状如老蚕而得名，而农书上则说是因为蚕时始熟而故名：两家都说得通。而另外又叫的胡豆，则是追溯的原产。《太平御览》说，张骞使外国，得胡豆种归。蚕豆果然被认为起源于亚洲西南和非洲北部，这和张骞所下的西洋，倒是正合。不过豌豆也叫胡豆，两豆形态迥别，而豌豆之胡虽然也是标明本源，但却是回旋轻捷如鹊的回鹘，也就是后来的维吾尔。虽然都是西域，此胡非彼胡，地理上相去远矣。到时珍大爷的时代，蜀地人所说的胡豆，已经单指蚕豆。

虽然时珍大爷说蚕豆南土种之，实际的栽培则是南北皆有，只是蜀中尤其多，这也该是他们只叫蚕豆为胡豆的道理吧。

按照大爷的描述，蚕豆八月下种，冬生嫩苗可茹。方茎中空。叶状如匙头，本圆末尖，面绿背白，柔厚，一枝三叶，二月开花如蛾状，紫白色，又如豇豆花。结角连缀如大豆，颇似蚕形。蜀人收其子以备荒歉。

蚕豆苗可吃，而蚕豆的味道，宋代诗人杨万里赞它"甘欺崖蜜软欺酥""味与樱梅三益友"，可见是不错的，鲁迅先生也有好豆的评价，而嘎嘣脆的炸货又是另一款可人的点心，不料却只配备荒歉，看来蚕豆虽然名列谷部，并且蚕时正熟，原本该是农桑一体的应时标本，可它毕竟不是纯粹的谷物，做不得日常的正宗口粮，只好派作救荒的杂粮。农书上说它，百谷之中，最为先登，极救农家之急，而荼毒粮食的蝗虫居然不肯吃它。如此，虽然出身不是嫡派，其救荒应急又有了出乎逆料的意义，当没顶一般的蝗灾肆虐之时，本豆足以善存硕果，以仿佛罗汉和我佛的肉身，普度众生之辘辘饥肠，真的秉持舍身向道的佛性，果然善莫大焉。

论到入药，本豆却于本草失载。看来不但饮食上被鄙视为杂粮，药行里它也同样遭际白眼。然而本豆所禀赋的救急本性，却不为所动，依然故我，始终不渝。一女子不小心把针吞进了肚子里，遍寻诸医却都束手无策。情急关头，忽有一人指点，将蚕豆和韭菜同煮，速速吃下，那针果然随大便迤逦排出。韭菜可以包裹针头藏锋免伤肠胃，而本豆的功效则在于推动排泄的进程，此正医书上本豆主治项下快胃、和脏腑的道理所在。

本豆救急的本性甚至还延伸到豆苗。当酒醉不省人事之时，本苗油盐炒熟，煮汤灌下，自能奏效。农业文明时期的自然分工是男耕女织，虽然不方便将吞针和酗酒也做如此性别摊派，但以民间习俗论，女吞针男醉倒起码算是常见的家庭事故。蚕豆以一己之身将两造包办搞掂，拯危济困，救女人男人于水火，维系家庭之周全，真不愧佛豆风范。

甜 品

《淮南子·说林训》云：柳下惠见饴曰：可以养老。盗跖见饴曰：可以黏牡。见物同而用之异。所谓牡，古人解释为门户籥牡也，鲁迅先生则直译为门闩。这是著名的比照。柳下惠是德行高大的圣人，盗跖是杀人如麻横行天下的大盗，据说他们是兄弟，道德取法却恰成相反。不忘敬老，溜门撬锁，二人对饴都发表了符合自己道德取向的阐释，所以才被人引为见物同而用之异的典范示例。

其实饴或饴糖或饧，就是孩子们熟悉不过的糖稀。鲁迅先生说成糖水，自是文章作法中的一种修辞。饴在古代被指为美食，可见，这种用麦芽或谷芽之类煎熬成的甜品，是不妨作一切美味代言的，所谓甘之如饴者是也。这也无怪，据说饮食五味之中，甜口就占据了菜品的最大宗。

前贤说，饴即软糖也，北人谓之饧。糯米、粳米、秫粟米、蜀秫米、大麻子、枳椇子、黄精、白术并堪熬造。惟以糯米作者入药，粟米者次之，余但可食耳。时珍大爷说，饴饧用麦蘖或谷芽同诸米熬煎而成，古人寒食多食饧，故医方亦收用之。

《荆楚岁时记》上说，寒食这天，禁火三日，造饧大麦粥。白居易有诗云：留饧和冷粥，出火煮新茶。说的是与寒食时日切近的清明习俗。不动火的日子偏吃甜粥，透露出古人克己之日又绝不忘体贴自己的狡黠入微，也无怪这习俗源远流长了。

正如前贤所云，饴或饴糖或饧入药，其实有细致门槛，不可以胡乱，也即是说，药食虽然同源，却不可一概而论。有人区分说，因色紫类琥珀，方中谓之胶饴，干枯者名饧。陶弘景则说，方家用饴，乃云胶饴，是湿糖如厚蜜者。其凝强及牵白者饧糖，不入药用。这种外形决定论，看起来一目了然，但却未必笃定，譬如，随着时间的推移，湿糖如厚蜜者未必不会凝强。检讨起来，还是从原料入手的糯米作者入药粟米者次之，更方便把握。

虽然柳下惠将本品视为养老的标志性元素，但大爷的书中，并没有如许明确的记载。譬如主治栏下罗列的，是补虚乏，益气力，健脾胃，止渴去血，止肠鸣咽痛，治吐血，治唾血，消痰润肺止嗽，乃至脾弱不思食者，打损瘀血者，以及解附子草乌头毒种种。诚然，前述种种，都不妨适用于老人，甚至是年老之人的常见症候。想来柳下圣人的所谓养老，本就是道德本位的模范思维，与他传说中的兄弟之粘门闩思路，都不是寻常人可以企及的。

附方中排在首位的，倒乱巧和养老有些瓜葛。老人烦渴，寒食大麦一升，水七升，煎五升，入赤饧二合，渴即饮之。大麦而必用寒食者，令人不免联想笔记中提及的饧粥。附方中另有箭镞不出方，相比老人题材，更具出乎常人逆料的神力。

唐朝邢曹进，是肃宗年间的河朔名将，在一次讨伐叛乱的战事中，被箭射中了肩膀，左右疾忙为他拔箭，不料箭头却留在了骨头里，只微微露出个头，再让有力气的用铁钳子拔，却根本拔不出来。老邢疼痛难忍，却束手无策，只好等死。这天老邢白天困觉，梦见一位胡僧，让他用米汤灌进伤口，就会痊愈。醒来后告诉医生，医生却说米汤怎么能清理伤口。又问了许多人，也都不明白。第二天，门外来了位胡僧化缘，请进门来，老邢远远看见，正是梦中那位，赶紧请教。胡僧说，怎么不用寒食饧灌伤口呢，到时就知道它的神效了。老邢这才醒悟饧就是米汤啊。按他说的做了，伤口立时感到清凉，酸痛也顿时减轻。到了夜里，伤口发痒，让人再用钳子拔，还没拔呢，那箭头却忽然自己出来了。敷上金疮药，十来天后就愈合了。

前贤说，糖与酒皆用米蘖，而糖居上品，酒居中品。是糖以和润为优，酒以醺乱为劣也。糖酒一向并称，然于入药，却不免高下有差。比照上述故事，该说此话诚然。

天之美禄

　　酒无疑是人类犒劳自己的伟大发明。《说文》云：酒，就也。所以就人性之善恶也。人性善恶听起来有些高大，但一个就字终究破解了酒的根本属性，所以它是确凿的瘾品。段注说，宾主百拜者，酒也。淫酗者，亦酒也。正所谓：天下事，可无酒？按照典籍的记载，仪狄作酒醪，禹尝之而美，遂疏仪狄，绝旨酒。夏禹以为，如此美妙的瘾品，后世必有因此而亡国的。商的纣王酒池肉林，为长夜之饮，后来果然亡国。其实酒自是酒，亡国的责任原本在于贪杯的人，不干酒什么事。只是君王不能错，只好让酒来顶缸替罪。这样的冤假错案也并非孤例，譬如美色和金钱，同样背负和酒极其相似的恶名。

　　酒的起源相当久远，足以上溯到史前时期。而且追究根源，酒原本是大自然的恩惠，含糖的野果在空气里尘埃中果皮上都附着有酵母菌，在得当的水分和温度之类条件的孕育下，果汁就会变成酒浆。人类的酿酒，最早正是在食物足够充足之后对这种天赐恩物的模仿，而自农业诞生，简单的模仿逐渐增加技术含量，终于形成规模化的生产。另外有人以为，粮食的种植原本是为了酿酒而非做饭，人类那时的主食是肉类而非谷物。

和公元前6000年美索不达米亚地区出现的啤酒不同，本土仰韶文化时期已经开始酿造的是黄酒。前贤说，饮家惟取其味，但此物损益兼行，不可不慎。所以入药佐使，专用糯米，以清水白面麹所造为正。其实，即便追求口味，汉朝赐丞相上尊酒，也是糯为上，稷为中，粟为下。被推为入药最佳的东阳酒，清香远达，色复金黄，饮之至醉，不头痛，不口干，不作泻，其评价标准亦未尝不是饮家的取法。

时珍大爷说，东阳酒即金华酒，古兰陵也，李太白诗所谓"兰陵美酒郁金香"即此，常饮入药俱良。同时，大爷历数山西襄陵酒，蓟州薏苡酒，蜀地咂嘛酒，以为它们并不可入药。

金华地区的酿酒起源可以追溯到西周中期，吴越王钱镠时金华酒和绍兴酒还曾作为贡品，宋元时期金华也是国家酒课的重要支撑，明代时甚至有"杜诗颜字金华酒，海味围棋左传文"的流行说法，将其与杜甫诗颜体字以及海味围棋左传并举，足见珍爱，清代才子袁枚在他的《随园食单》中说，金华酒，有绍兴之清无其涩，有女贞之甜无其俗，表白了对该酒的钟爱。

泛泛而言，米酒的入药，气味被归为苦、甘、辛，大热，有毒。前贤以为久饮伤神损寿，软筋骨，动气痢。醉卧当风，则成癞风。醉浴冷水成痛痹。虽然其主治项下明明写着行药势，杀百邪恶毒气，但服食丹砂、北庭、石亭脂、钟乳、诸礜石、生姜，并不可长用酒下，以其能引石药气入四肢，滞血化为痈疽。此外，还有诸多禁忌：忌诸甜物。合乳饮，令人气结。同牛肉饮，令人生虫。酒后卧黍穰，食猪肉，患大风。酒后食芥及辣物，缓人筋骨。酒后饮茶，伤肾脏，腰脚重坠，膀胱冷痛，兼患痰饮水肿、消渴挛痛之疾。本来一款瘾品，不料却埋伏下如此繁多的麻烦，与其通血脉，厚肠胃，润皮肤，散湿气，消忧发怒，宣言畅意，养脾气，扶肝，除风下气等疗效相比，令人顿生是否得有所偿的纠结。

而饮用入药俱佳的东阳酒，气味甘、辛，无毒，已是夺下先声，主治项下用制诸药良寥寥几字，也将寻常米酒疗效虽云繁多却同时潜藏许多禁忌的麻烦，抛到爪哇国去了。然而，翻检前贤的评点，却又未必那么简单。陶弘景说，大寒凝海，惟酒不冰，明其性热，独冠群物。药家多用以行其势，人饮多则体弊神昏，是其有毒故也。《博物志》云：王肃、张衡、马均三人，冒雾晨行。一人饮酒，一人饱食，一人空腹。空腹者死，饱食者病，饮酒者健。此酒势辟恶，胜于作食之效也。

古人服食，需要行药，东阳酒正是米酒中最妥帖的。至于饮多之后的症状被归结为有毒，其实不如说凡物皆不可过量。《博物志》记载的故事，当然说明酒可辟邪除恶，而冒雾晨行的情景设置，则于雾霾弥天的当下，起码提供一则过瘾亦复防御的措施，以古人的实践而论，总比口罩的消极抵抗，更富积极的建设意义。

时珍大爷对该酒的评点，也许在传统界面而言更具公允确当的总结意义：酒，天之美禄也。面麹之酒，少饮则和血行气，壮神御寒，消愁遣兴；痛饮则伤神耗血，损胃亡精，生痰动火。邵尧夫诗云：美酒饮教微醉后。此得饮酒之妙，所谓醉中趣、壶中天者也。若夫沉湎无度，醉以为常者，轻则致疾败行，甚则丧邦亡家而殒躯命，其害可胜言哉？此大禹所以疏仪狄，周公所以著酒诰，为世范戒也。

所谓制诸药，自然说的是炮制药酒。药酒几乎可以说是传统医学妇孺皆知深入人心的标本，品种良多，时珍大爷胪列近七十种，譬如人参五加皮当归菖蒲枸杞茯苓菊花牛蒡乌蛇虎骨鹿茸羊羔种种酒，却仍然坦言不能尽录。鉴于篇幅，此处也只能略述一二。

逡巡酒是字面看上去令人狐疑的一款，功效在于补虚益气，去一切风痹湿气。久服益寿耐老，好颜色。长生驻颜，乃最披靡的人生愿景，无怪古人常饮此酒。造法是：三月三日收桃花三两三钱，五月五日收马蔺花五两五钱，六月六日收脂麻花六两六钱，九月九日收黄甘菊花九两九钱，阴干。十二月八日取腊水三斗。待春分，取桃仁四十九枚好者，去皮尖，白面十斤正，同前花和作麹，纸包四十九日。用时，白水一瓶，麹一丸，面一块，封良久成矣。如淡，再加一丸。

说起来，桃花之类都不算罕物，只是因应节气，稍嫌烦琐，但比起宝姐姐的药丸，自是容易太多。不过，本酒命名的逡巡，原是说顷刻之间便能酿成。唐朝的韩湘有诗云：解造逡巡酒，能开顷刻花。看起来是颇有神仙技艺的产品。但大爷所记载的造法，却颇费时日，不是逡巡之间便可缔造的，至多饮用本品时白水和麹面封良久乃成，比起其他酒的酿造，算是相对意义的顷刻。想来或者韩湘所谓逡巡酒并非本品，或者本品借托神仙名号而已。当然，从长生驻颜的功效看，本品与神仙牵扯瓜葛，倒是题中应有之义。

因为王安石大人那首描摹大年初一爆竹声中新桃换旧符洋溢节庆气氛的名诗，屠苏酒赢得了相当的知名度。按照笔记的说法，正月一日，家人长幼悉正衣冠，以次拜贺，进椒柏酒，饮桃汤，进屠苏酒。而饮屠苏酒的顺序，则是次第从小儿起始，为幼者贺岁，长者祝寿。如此顺序的理由，据说是少者得岁，故先酒贺之；老者失时，故后饮酒。所以苏辙作诗道：年年最后饮屠苏，不觉年来七十余。而乃兄东坡则诗云：但把穷愁博长健，不辞最后饮屠苏。老弟一辈子追不上老兄的正是年龄，而东坡老之所以不辞最末，理由则是博得长健，因此本酒的主打，自是辟疫疠一切不正之气。

据说屠苏酒的配方出自名医华佗：用赤木桂心七钱五分，防风一两，菝葜五钱，蜀椒、桔梗、大黄五钱七分，乌头二钱五分，赤小豆十四枚，以三角绛囊盛之，除夜悬井底，元旦取出置酒中，煎数沸。举家东向，从少至长，次第饮之。药滓还投井中，岁饮此水，一世无病。

所谓岁饮此水，一世无病，自是一种祈愿模样的修辞，当不得真。但分析本方的配伍，祛除防治瘟疫则是无疑的。至于屠苏之名究竟何义，自来却是并无定说。一说是草名，一说是房屋草庵。据说有人居草庵之中，每岁除夜遗闾里一药贴，令囊浸井中，至元旦取水，置于酒樽，合家饮之，不病瘟疫。后人得其方而不知其人姓名，但曰屠苏而已。草名当然最合药酒之义，草庵也不妨是从该草而来，而王大人诗所谓春风送暖入屠苏，似乎并不适合草名而于房屋倒是切合。

此两说之外，时珍大爷又说苏乃鬼名，此药屠割鬼爽，于是故名。大爷的又说，虽然听起来颇有几分灵异色彩，却具有杀尽鬼祟造福人间的正能量，果然彰显医者圣人心的圣贤教训。

黄连

黄芩

黄芩

杜衡

藿香

马莲

牛蒡

蒼耳

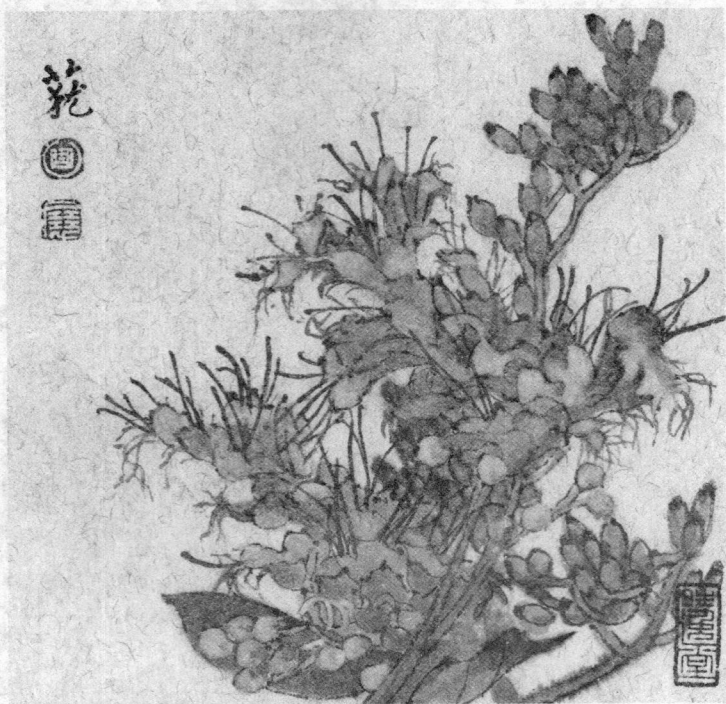

蔬

蓖麻

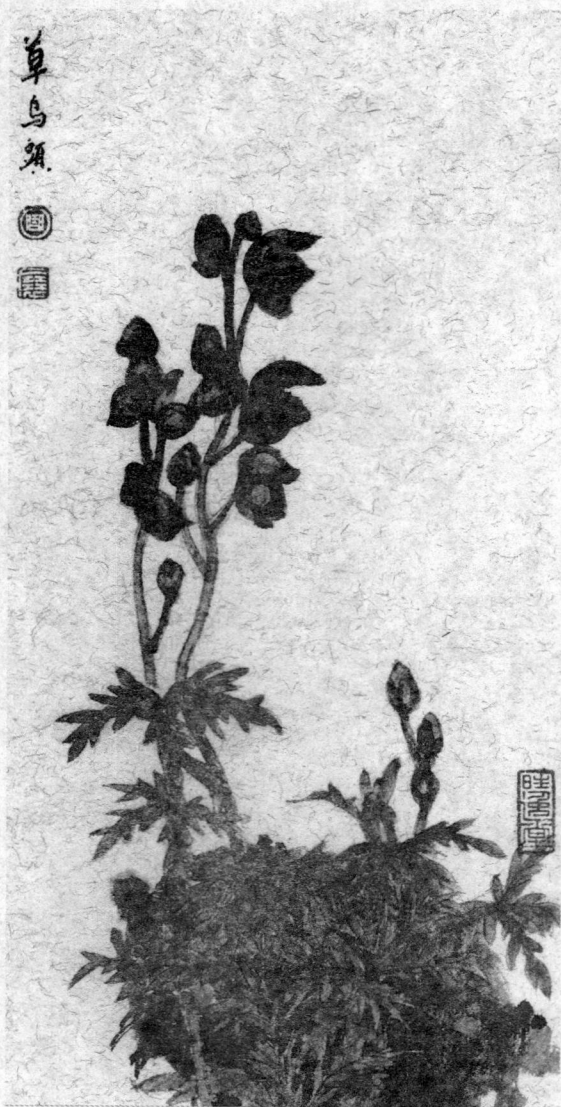

草乌头

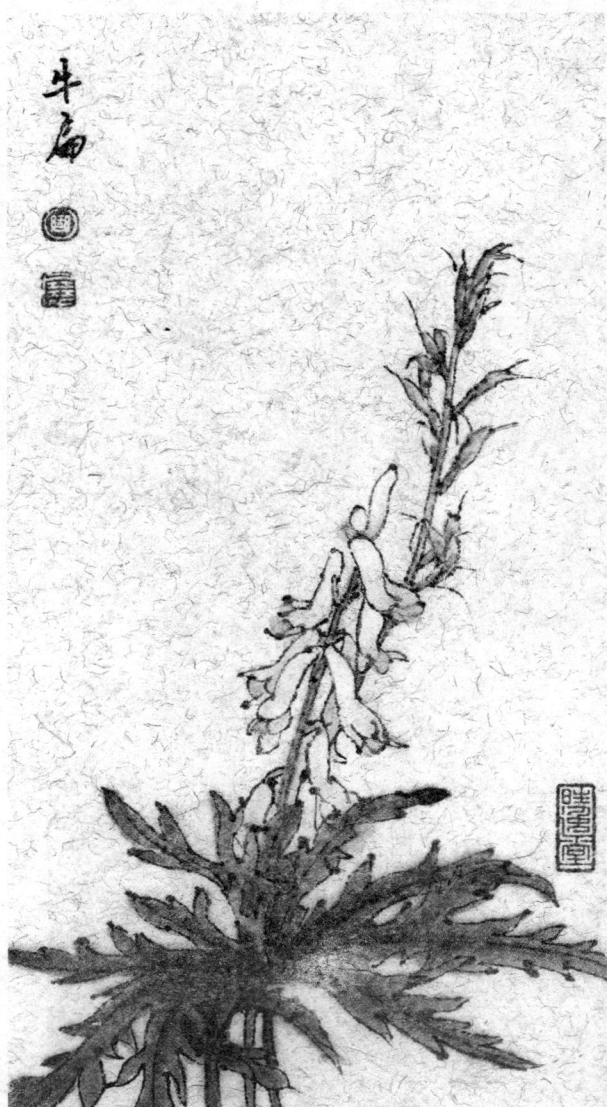

牛扁

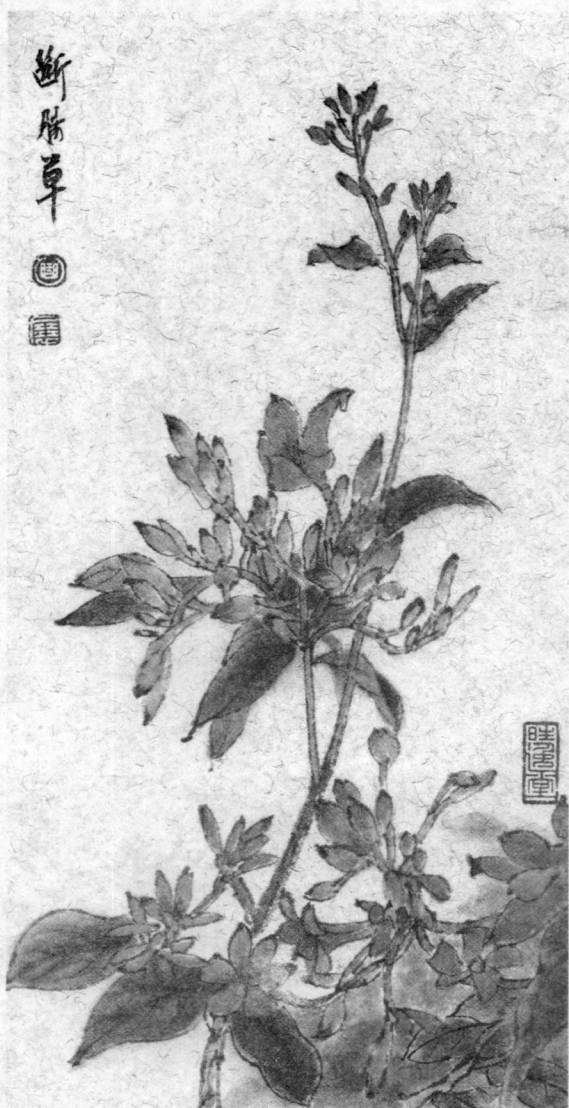

断肠草

何首乌

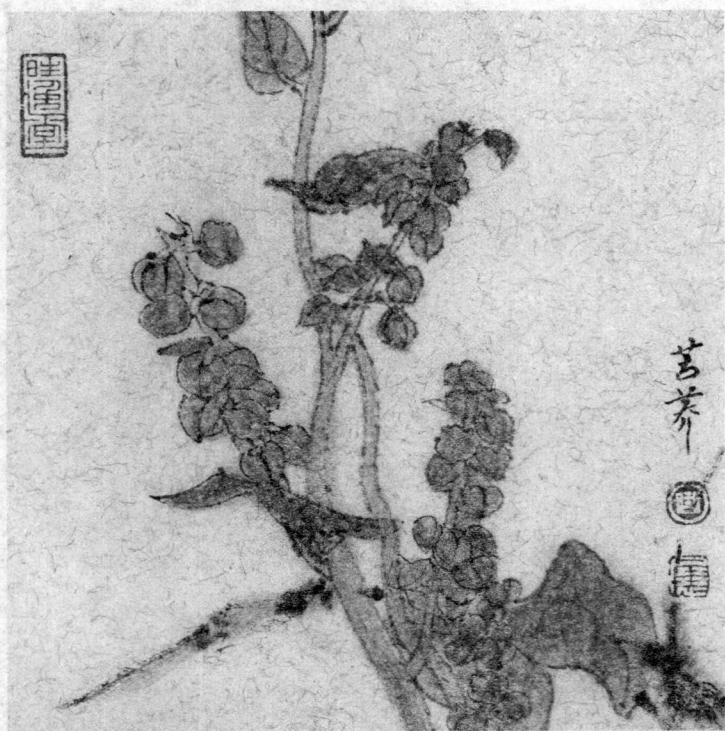

苦荞

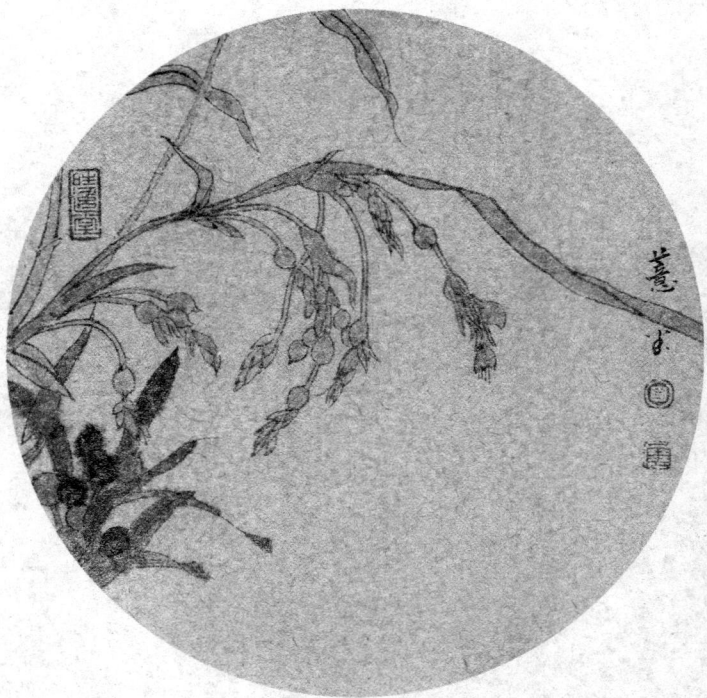

薏米

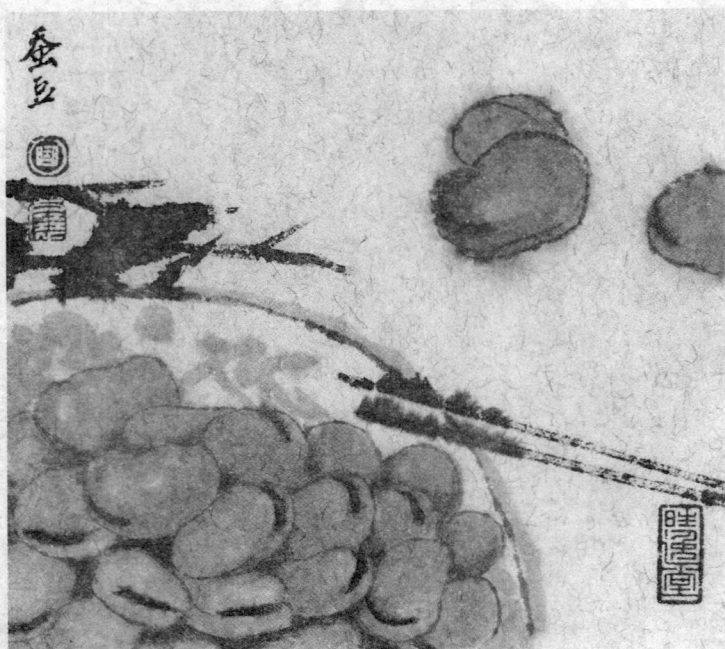

蚕豆

菠菜

黄檗

棟实

枳花

第三辑

菜部

圣人不撤

圣人孔子不但具有伟大的思想和智慧，对待饮食起居，也并不像他赞赏的学生颜回那样箪食瓢饮在陋巷就足以快乐，尽管他强调君子食无求饱居无求安。诚然，他的君子名头毋庸置疑，不过仅就饮食的case而言，他老人家虽然亦不免疏食菜羹，却未必肯像颜回那样马虎。譬如，食不厌精，脍不厌细，便是他著名的饮食原则。坚持这样的原则，当然可以归结为对人生基本诉求的从心所欲，但他老人家如此，更可以上升到遵从礼法的高度，当年将他和"副统帅"一同批判时，这一点正是作为没落贵族习气而遭到声讨。

在《论语》的《乡党》篇里，除了两不厌，还记录了圣人饮食的其他若干指标，譬如，鱼馁而肉败，不食。色恶，不食。臭恶，不食。失饪，不食。不时，不食。割不正，不食。不得其酱，不食。再譬如，唯酒无量，不及乱。沽酒市脯不食。不撤姜食，不多食。

圣人的这些指标，今天看来，除了两不厌，其他实在有些可怜。不肯吃腐烂败坏颜色气味不正的食物，只算是食品卫生的底线。烹调失当，超过饭点，倒是蚁族们的饮食常态，圣人则不必如此。肉切得不得要领，的确会影响口感，然在工业屠宰时代，基本无从讨论。而酱汁肉酱，则属于肉食的必备调料。喝酒不限量，不妨理解为助兴尽欢，适可而止。大约买来的酒和肉干不吃，是农业文明的专利，到了工业社会，却是致命的死穴，家酿酒喝起来虽然放心，但需要许多器具工艺和时间，成本相当不划算。

　　不撤姜食却是本文关注的要点。所谓不撤，可以见出姜是圣人餐桌上的常备。如你所知，姜是著名的香辛蔬菜，俗谚云，上床萝卜下床姜，说的正是它的开胃，而萝卜则主消食，与它是相辅相成的两造。时珍大爷归结道：姜辛而不荤，去邪辟恶，生啖熟食，醋、酱、糟、盐，蜜煎调和，无不宜之。可蔬可和，可果可药，其利博矣。凡早行山行，宜含一块，不犯雾露清湿之气，及山岚不正之邪。听起来姜的功效，几乎与参茸含片相去仿佛。此外，作为开胃的佐餐之物，姜天赋清淡，并不像葱韭蒜之类的荤菜，吃起来爽口，吃完后却多有难闻的浊气，这大约也是圣人常备不撤的缘故所在。当然，圣人生活在前科技时代，他老人家吃的姜，是不必担心农药残留的，尤其是打着神农旗号的剧毒农药——尝百草的神仙怎么肯投毒？

　　至于俗话所谓冬吃萝卜夏吃姜，讨论的则是吃姜的季节。古人一向有秋不食姜的说法，道理在于，夏月火旺，宜汗散之，所以食姜不禁。辛走气泄肺，故秋月则禁之。真人孙思邈说，八九月多食姜，至春多患眼，损寿减筋力。其实，除了季节，吃姜还有时辰的禁忌，民间便有夜不食姜的说法，医家的解释是，生姜辛温主开发，夜则气本收敛，反开发之，则违天道矣。而圣人吃姜，常备不撤，并非不肯计较这些禁忌，而是采取不多食的限量途径，予以规避。由此也可见出圣人得养生之道的智慧。

纬书说，璇星散而为姜。原来圣人常备不撤的开胃品，竟是星宿下凡，倒不免与圣人的身份蛮搭。而本经强调，姜久服去臭气，通神明。这也为圣人的不撤，提供了旁证。孙真人云：姜为呕家圣药，盖辛以散之。呕乃气逆不散，此药行阳而散气也。呕吐虽然不似绝症那样夺人性命，然纠缠不去，也着实痛苦，肉身的圣人，亦在所难免，而常备不撤，正可预为防范。

除开这些，姜还是足以救急的神药。举凡中风、中暑、中气、中毒、中恶、干霍乱、一切卒暴之病，用姜汁与童尿服，立可解散。这简直神奇到令人不可思议，却凿凿地写在医书里，不容人置疑。更有皇恩浩荡的"敕赐姜茶治痢方"：以生姜切细，和好茶一两碗，任意呷之，便瘥。若是热痢，留姜皮；冷痢，去皮，大妙。这也简单到使人不免顿生疑窦，但宫里传出的秘方，想来出自圣手，皇上都亲身试过，只好信服。至于之所以大妙的道理，则在于：姜能助阳，茶能养阴，二物皆消散恶气，调和阴阳，且解湿热及酒食暑气之毒，不问赤、白，通宜用之。当年苏东坡便是用姜茶救急，治好了潞国公文彦博的痢疾，姜茶也因而赢得"东坡茶"的雅号，而早年敕赐的高贵出身，却被人忘记到爪哇国去了。

波斯草

美国汉学家谢弗的名著《撒马尔罕的金桃》，汉译本名为《唐代的外来文明》，倒也开宗明义。的确，外来物品或曰舶来品，在每个时代都对人们具有神奇的魅力，这种魅力似乎并不在于某种物品本身价值的高下。谢弗在书中谈及近二百种唐朝的外来物品，其中蔬菜题下劈头说到的，便是菠菜。

按照谢弗的叙述，菠菜来自泥婆罗国。《新唐书·西域列传》里，泥婆罗国赫然序列第一，其中果然提到，贞观二十一年，该国遣使入献波稜、酢菜、浑提葱。这些都是泥婆罗国王献给友好邻邦唐朝的珍奇植物，不过内中没有一种真正属于该国的出产，也就是说，该国国王不过是将舶来的东西作为罕物共享。

谢弗提到，对唐朝人来说，泥婆罗国是以"气序寒冽，风俗险诐，人性刚犷，信义轻薄"知名。这几句人文特征的描述，其实见于著名的唐僧玄奘所著《大唐西域记》。唐僧对该国的记叙自然不止于此，以上描述之后还有：无学艺，有工巧。形貌丑弊，邪正兼信。伽蓝、天祠，接堵连隅。僧徒二千余人，大小二乘，兼功综习。外道异学，其数不详。描述之前另有：宜谷稼，多花果。出赤铜、氂牛、命命鸟。货用赤铜钱。

季羡林先生依据《大慈恩寺三藏法师传》的记载判断，玄奘并未亲自游历该国，所述情况当得自传闻。不过唐朝的使者和僧侣则的确抵达过该国，因而新旧《唐书》中该国皆有传，不过其中的记述，与唐僧得自传闻的描述不尽相同。譬如《新唐书》的记载便有：俗不知牛耕，故少田作，习商贾；重博戏，通推步历术。而于气候风俗，并没有唐僧那样直白的断语。

泥婆罗国，又写作尼波罗国，故地在今尼泊尔加德满都谷地。今天的尼泊尔，农业国家，起源于加德满都河谷擅长经商的尼瓦尔人，名为《唯一百花盛开的国度》的国歌，佛教圣地加德满都城内众多的佛教、印度教寺院，诸多元素似乎参差印证着唐僧和《唐书》的记载。

菠菜在时珍大爷的书中，正式称谓叫作菠薐，这显然与泥婆罗或者尼波罗大有音声方面的关涉，毕竟它是从那里传入的。诚然，如前所述，泥婆罗或者尼波罗国王原是借花献佛，真正的菠菜原产地，则是波斯，大约在2000年前就有了栽培。这一点在大爷的书中也有体现，菠菜的一个又名正是叫作波斯草。大爷缕述道：按《唐会要》云：太宗时尼波罗国献波棱菜，类红蓝，实如蒺藜，火熟之能益食味。即此也。方士隐名为波斯草云。也就是说，波斯草云云，原是方士们故弄玄虚的神秘其辞。不过，就正本清源而言，波斯草的名号似乎更其适宜。也是乱巧，菠的读音听起来与波斯之波切近，就形声构造而言，二者的音声关涉，反而是理所当然的。至于益食味的说法，足以证明当年该菜传入本土的功利意义。

尽管菠菜至今早已脱尽罕物乃至神秘的色彩，成为大众的家常菜品，但其生态习性，却也未必人尽皆知，因而大爷的相关描述显得颇有必要：波棱八月、九月种者，可备冬食；正月、二月种者，可备春蔬。其茎柔脆中空。其叶绿腻柔厚，直出一尖，旁出两尖，似鼓子花叶之状而长大。其根长数寸，大如桔梗而色赤，味更甘美。四月起薹尺许。有雄雌。就茎开碎红花，丛簇不显。雌者结实，有刺，状如蒺藜子。种时须砑开，易浸胀。必过月朔乃生，亦一异也。

冬春原本是时鲜菜品匮乏的季节，菠菜偏能应时而生，自然可人。生长期短、耐寒，味道甘美，在温室培养尚未出现的前科技时代，甚至大棚技术尚未普及的现代初期，这一点尤其讨喜，无怪被视为罕物。根红叶绿的本菜也曾被文艺描摹为红嘴绿鹦哥，走的是惹人怜惜的宠物路线，依然是罕物。菠菜的果实属于胞果，状如蒺藜子的有刺品种，在本土大量种植。砑开果壳，浸种催芽，是至今不变的农艺流程。而必过月朔乃生的习性，在温室蔬菜搅乱季节的当下，倒也仍旧不失为一个异数。

作为大路货菜品，肥厚且柔嫩多汁的菠菜已然披就一身当家食材的绿衣，营养专家又声称其富含蛋白质维生素和铁质，本菜顿时愈发绿意葱葱，受人待见，尽管吃下去未必真能变成大力水手。然而，在某些严谨的医者看来，它居然微毒，多食令人脚弱，发腰痛，动冷气，先患腹冷者，必破腹。脚弱和腰痛，是本土成功人士最忌惮的症候，于此不可不慎重留意。此外，它还不能与鳝鱼同食，否则引发霍乱。而菠菜汁炼霜，竟然可以制砒、汞，伏雌黄、硫黄。

这是一个极其重要的信息。在本菜入药的主治栏下，利五脏，通肠胃热，通血脉，开胸膈，下气调中，止渴润燥之外，果然写明解酒毒，服丹石人食之佳。这是食疗名家孟诜的说法，他是武后时的进士，做过刺史，活了九十岁，很有一点神仙再世的味道。这段话大约便是方士们着意隐去波棱俗称，易名波斯草的道理所在。服食丹药以求长生，原是方士们既利己又炫技的功课，在前科技时代，丹药几乎是养生必备，尽管服食者不乏殒命事件的发生，但长生的诉求催逼着包括君王甚至一世英主甘冒性命之虞，前仆后继，不懈追索。而孟长官的提示，则为方士以及遭受其荼毒的服食者，奉上一款扶危济困的救急秘方，在吃菜食甘的享受同时，用以抵消摄入汞化合物带来的不适感觉。

对于菠菜或曰波棱乃至波斯草的药理脾性，孟长官阐释：北人食肉、面，食之即平；南人食鱼鳖、水米，食之即冷，故多食冷大小肠也。这样看来，本菜简直天赋就是北人的菜，前言所谓脚弱腰痛云尔，大可忽略不计也。然仔细想来，鱼鳖水米，如今早已深入北人食谱，假如孟长官所言不虚，则多食冷大小肠云云，依然是本菜地无分南北均需时刻警惕的要紧。

与孟长官所言相对，时珍大爷引用张从正《儒门事亲》的说法：凡人久病，大便涩滞不通，及痔漏之人，宜常食菠薐、葵菜之类，滑以养窍，自然通利。这不妨理解为多食警诫的另一面。传统医学一向强调用药中病，有此症者自宜常食，有彼症者自当有所收敛，不宜多食。即便所谓无病者，也不是百无禁忌。其实，不止本菜，许多寻常看来极好的东西，也是不宜沉湎放纵其中的，所谓多，实在是需要定力把控的。

奇葩

曹操一向被誉为"治世之能臣，乱世之奸雄"。所谓奸雄，似乎并非良善。不过生当乱世，大约不用权谋，英雄也难成事，正像歌里唱的，"尔虞我诈是三国，说不清对与错"，所以鲁迅先生说他至少是一个英雄。曹操的政治成就、军事才能以及文学素养，一向为人所知，但作为"非常之人，超世之杰"，他还有不大为人所知的N面。张华的《博物志》说：汉世，安平崔瑗、瑗子寔、弘农张芝、芝弟昶并善草书，而太祖亚之。桓谭、蔡邕善音乐，冯翊山子道、王九真、郭凯等善围棋，太祖皆与埒能。又好养性法，亦解方药，招引方术之士，庐江左慈、谯郡华佗、甘陵甘始、阳城郄俭无不毕至，又习啖野葛至一尺，亦得少多饮鸩酒。

曹操的书法，被评为妙品，"金花细落，遍地玲珑；荆玉分辉，瑶若璀粲""笔墨雄浑，雄逸绝伦"，虽然存世作品稀少，但作为一时大家，则是无疑的。蔡邕焦尾琴的故事流传已久，说曹孟德的音乐和他相差无几，是很高的评价。史书上说曹氏"登高必赋，及造新诗被之管弦，皆成乐章"，古代的诗赋都是合乐的，那时的诗人懂音乐，不足为奇，而曹氏的文学成就，某种意义上也映衬出他的音乐素养。据说三国时期是围棋的黄金年代，属于时代风尚，孔融被逮捕时，两个八九岁的孩子就正在弈棋，这便是覆巢无完卵的故事。史书上记载，有个叫孔桂的，因为擅长下棋而得到曹公喜爱，时常伴随左右。不过曹公精明，所以孔桂并没有高俅那样的际遇。曹氏家族也有嗜好围棋的传统。曹操的长子曹丕，做了魏文帝，迫害亲兄弟，曹植七步诗的掌故已是耳熟能详，曹彰则是兄弟俩下围棋时吃了投毒的枣死掉的：这兄弟三人须是一母所生。当然，本土一向有让棋的传统，曹公的棋艺或许未必真的与那些高手埒能，不过在政治家军事家中下棋最好，该是无愧的。

大约最引人注目的该是曹公对方术的兴趣。他用网罗人才的原则罗致当时的著名方士，大约未必如他的儿子曹植所说，仅仅是为了不让他们欺诈惑众。甘始能行气导引，左慈晓房中之术，郗俭或者郤俭善辟谷，华佗更是神乎其技的名医，他们年且百岁而貌有壮容，想来并非泛泛之辈，对于"烈士暮年，壮心不已""养怡之福，可得永年"的曹公而言，不会没有吸引力。这大约就是他习啖野葛至一尺，亦得少多饮鸩酒的缘故吧：服毒一向是方士诱人长生不老的惯技。

饮鸩止渴是熟悉的成语，所以鸩酒有毒并不陌生，而吃一尺长的野葛，却令人看不出有甚值得一书的道理。其实野葛便是钩吻的别名，是著名的断肠草，其剧毒已有专篇论及，可供详见。详见后必生疑问：如此烈度的毒草，人皆闻名丧胆，何以曹公吃下却了无挂碍呢？

以曹公智慧，即便渴求长生，也断不会轻易弄险。所以后世医家判定，他应该是先吃了蕹菜，才能如此放心大胆地重口味。按照他们的说法，南人先食蕹菜，后食野葛，二物相伏，自然无苦。甚至用蕹菜的菜汁滴野葛苗，便会当时萎死，两物相杀，以致如此。天地神异，竟有如此奇葩。有人说，社会有奇葩才更美丽。此话诚然。

蕹菜蔓生畦中或水中，开白花，性宜湿地，干柔如蔓而中空，叶似菠菜，壅以粪土，即节节生芽。时珍大爷以为蕹与壅同，此菜惟以壅成，所以得名蕹菜。但按照笔记的说法，蕹菜又名瓮菜，本生东夷古伦国，因为是用瓮运来的种子，原来的名字又译不通顺，便直呼为瓮菜了。按照由繁及简的惯性，总会以为瓮菜该是由蕹菜音同讹变而来，不料却是原版。如果笔记所言属实，则由瓮而蕹，该是着意从草而造的。而作为东夷，古伦国大约在今天的朝鲜半岛一带，虽然是近邻，但瓮菜或曰蕹菜，却是货真价实的舶来品。

说到瓮菜，岭南之人自会顿悟，这能解断肠剧毒的小菜，其实就是夏秋两季摘了又长，长了又摘，俯拾皆是，凉拌热炒煨汤通吃，穷人视为当家花旦的空心菜。

除了化解断肠草毒，空心的蕹菜还可以解黄藤、砒霜等药石诸毒，由此猜想，或许曹公饮鸩酒，也未必不是拜它所赐了无中毒的吧。此之外还能治难产，不妨做孕妇的看家菜。小菜而具如此大功力，草莽之中，正不乏英雄辈出。

畜生说事

　　马齿苋的字面意思便是像马的牙齿一样的苋菜。老祖宗名物，自然是取譬身边最熟悉的物象，马作为著名的畜生，自然正在此列。诚然，这是前科技时代的取法，在只知宠物不知畜生的当下，马的牙齿什么样子，就未必尽人皆知甚至人皆不知了。

　　马齿苋其实不是苋，甚至外形上也和苋并不相似。时珍大爷解释说，其叶比并如马齿，而性滑利似苋，故名。也就是说，马齿固然是形态描摹，而苋则取其滑利的秉性。马齿苋在民间还有细分，大叶的叫豚耳草，小叶的叫鼠齿苋。豚即小猪。仔猪的耳朵，老鼠的牙齿，前者留心叶子的样貌，后者在意叶子的排列，都和马齿一样，拿畜生说事，足见那时人类和非人类的关系相当亲密，观察相当细致，否则不会诞生如此生态万分的名号。而生物学对其叶片的描述，则是扁平肥厚倒卵形，果然严谨，却少了生气。

　　马齿苋还有个名号，叫作五行草。按照苏颂的说法，以其叶青、梗赤、花黄、根白、子黑也。一棵草居然五行皆备，似乎来历颇不寻常。然而，大爷对它的描述，劈头一句便是马齿苋处处园野生之，顿时将听起来的不寻常打翻在地。之后的展开也平平淡淡：柔茎布地，细叶对生。六七月开细花，结小尖实，实中细子如葶苈子状。人多采苗煮晒为蔬。说白了，不过野菜一枚，寻常得再寻常不过了。然而，其后的阐述却陡然急转，足够颠覆：方士采取，伏砒结汞，煮丹砂，伏硫黄，死雄制雌，别有法度。

处处有之的马齿苋竟然可以提炼水银，听起来十分怪诞。然而，前贤的著作中，的确有相当细致的操作程序。首先，如仔猪耳朵的大叶品种不堪用，只有老鼠牙齿模样的小叶品种，叶间才有水银。具体的取草汞法，不烦抄录如下：用细叶马齿苋干之，十斤得水银八两或十两。先以槐木槌之，向日东作架晒之，三二日即干，如经年久。烧存性，盛入瓦瓮内，封口，埋土坑中四十九日，取出自成矣。

需要说明的是，马齿苋性耐久至难干燥，因而有长命菜之称，于是本菜的取汞，先要用槐木捶碎，向日东搭架暴晒，方才能收得干货。然而，在大爷的书中，水银条修治项下，著有《雷公炮炙论》的雷敩却着意指出：凡使勿用草汞并旧朱漆中者，经别药制过者，在尸中过者，半生半死者。既然草汞被归属于尸中过者之类的不入流，禁绝入药，大爷所谓伏砒结汞云云，便没了着落。然而他老人家居然罗列煮丹砂伏硫黄死雄制雌种种业绩，并且以别有法度断言，愈发令人摸不着头脑。仔细推详，大爷所言之班班业绩，似乎只是一种旁观者的陈述，主体则归结在方士身上。如此，则所谓别有法度云尔，亦不妨有春秋笔法存焉，个中未尝不埋伏微言大义的修辞机锋吧。

生物学对本菜成分的陈述，的确斐然：左旋去甲肾上腺素、二羟基苯乙胺、二羟基苯丙氨酸及多种钾盐，此外尚有苹果酸、柠檬酸、谷氨酸、天冬氨酸、丙氨酸及蔗糖、葡萄糖、果糖等。然而，其中确实没有水银也即汞的身影，真不知前贤言之凿凿的缕缕叙述，究竟从何说起。诚然，前贤所云叶间之有，未必便是本菜具有的成分，或许本菜天赋拥有吸附剧毒金属的超凡功力，亦未可知。待考。

大约因其所含成分的丰富，本菜入药的主治，出乎逆料的繁多：治诸肿瘘疣目，破痃癖，止消渴。治女人赤白带下，产后虚汗。治金疮流血，破血癖症瘕。解马汗、射工毒，主三十六种风，治尸脚阴肿，痈疮、湿癣、白秃、杖疮，杀诸虫，封丁肿。散血消肿，利肠滑胎，解毒通淋。

还有一样，听起来不免吊诡：能肥肠，令人不思食。说来有趣，不思食的命题，存在悖论一样的多解：物质匮乏时期，可以让瘦弱的穷汉节省粮食；物欲横流时代，可以让肥短的富婆减轻体重。至于肥肠云云，倒未必单指油水丰厚。不过，它的颠倒变体肠肥，在漫长的农业文明阶段，常与脑满一道，以肥头大腹的富态，标榜生活的优裕。无奈在万恶的旧时代，生活窘迫的人总是占据大多数，于是，这种只属于一小撮的优裕，只好成为贬损的指认。

大爷归纳本菜的主治，以为皆取其散血消肿之功。寻常人或许以为，散血消肿，日常习见，算不得什么要紧。其实，所以常见，正在于难以根治，即便名医圣手，对此也未必能够料理。

唐朝武元衡，是武则天的曾侄孙。虽是贵胄，却是进士出身，德宗、宪宗都是因其才识而擢拔，宪宗朝拜相，充任剑南西川节度使，绥靖约束，俭己宽民，擢拔人才，归服外族，颇有一番政绩。后来回朝秉政，力主讨伐淮西叛乱，不久被藩镇派遣的刺客杀死于自家宅第之外。当朝宰相居然被刺客砍头，朝野自然震动，白居易上疏，急请捕贼，以雪国耻，不料却被执政借故贬谪江州，于是才有了那篇被皇帝誉为胡儿能唱，大珠小珠落玉盘的《琵琶行》。武相国本人也工于五言诗，诗作往往被传抄传唱，后人将其与白居易齐名，是著名的诗人宰相。

武相国在西川时，小腿上生了恶疮，又痛又痒，苦不堪言，可寻遍名医，都治它不好。回京后，有人献上一方，正是用马齿苋捣烂，外敷在疮口上，不过三两遍就痊愈了。与武相国同朝为相的李绛，将此事记录在兵部手集上，此方于是得以流传。

李相国录此药方，居然记于兵部手集，似乎有些不搭。殊不知，疮毒正是行军作战时多发的顽症，马齿苋处处生长，且药到病除，正方便随时取用。其实，本菜益于行伍军事，还不止于恶疮，诸如禳解疫气，筋骨疼痛，脚气浮肿，男女疟疾，肛门肿痛，腋下胡臭，足趾甲疽，毛虫螫人，蜈蚣咬伤，凡此种种，都在本菜治愈谱系之内，正方便一网打尽。

此之外，本菜具有五行气质的黑子，也可入药，仙经用它明目，并且延年益寿。自然，作为野菜的局部，它也十分方便煮粥作羹，不愧它既菜且药的本色。

千金菜

莴苣二字的字形看起来不够俚俗，似乎意味着某些神秘。果然，笔记上说，莴苣出莴国，有毒，百虫不敢近。蛇虺触之，则目瞑不见物。而莴国使者来，隋朝的人出了不菲的酬劳，才求得菜种，所以它还有千金菜的别称。

莴国也写成呙国，字形的冷僻烘托着异域的缥渺和莫测。莴国或者呙国一般以为在今阿富汗不丹地区，不过这两个国家在地理分布上并不搭界，前者地处中西亚，曾是丝绸之路经过的地域，听起来较之位于南亚的后者似乎更有某些道理。

不过，虽然被冠名，实际上莴却并非莴苣的原产之地，莴国人其实不过是加了高价抛售的转手货。有确凿的资料显示，埃及古墓出土的文物上已经有了莴苣身影，足以证明公元前4500年便已经有了它的栽培。而东晋葛神仙的《肘后方》里已称它为莴苣菜，想来它的入境和引种，或许更其久远，有人甚至以为可以追溯到汉代。不过，既然它仍然带着莴的戳记，似乎来源居然依旧，令人不免狐疑。大约它自西亚传入可以从菜名上找到依据，但究系哪朝哪代，便有些夹缠不清了。

可以确认的是，原产埃及的乃是长叶形莴苣，也就是说，食叶是莴苣担任菜品的原貌，这一点在西洋人那里至今犹然，而传入本土之后，才演变出茎用的品种，并且成为大江南北食菜的主打，而叶用品种反而更多流连于华南一带。这样的引用路径，不能不让人联想到佛教落地本土之后生发出来的禅味。

劈头引述的笔记所载，赫然提示莴苣有毒，而且百虫不敢近前，连号称毒物的蛇虺，碰见它也会有眼不见物的严重后果，尽管生物学的著作仍然指出其并未逃脱蚜虫蓟马的侵食。这倒不妨成为本菜的一个生态注脚，起码它身上残留的农药可以视为少量乃至足以忽略，食用的安全系数，是大致等同于特供基地水准的。诚然，引种之后演变出的食茎品种，因为有厚皮包裹，足以阻隔农药的浸润，食用愈发放心。

说到安全，既然连百虫与蛇虺都为之胆寒，莴苣身上的毒，也同样不会放过将其作菜的人类，所以前贤警告：久食昏人目。患冷人不宜食。看来莴苣作菜，需要提起小心。有鉴于此，时珍大爷还提供了中毒的解药：人中其毒，以姜汁解之。这样的解药实在温馨体贴，姜在本土一向是调料出身，它来化解菜品的毒素，简直天设地造。

说起来，有毒其实不妨视为几乎所有植物的秉性，那是一种出于无奈的进攻型防守策略，所以尽管俨然作菜，但莴苣身上的毒素，只会随着栽培技术的进化而减少，而不会荡然无存，真的无存了，本菜的味道大约也就大打折扣，不再配称莴苣了。

其实，论到毒素，未必不能为人提供方便。毒莴苣的汁液被古罗马人当作鸦片，饭后吃下，有助睡眠。古埃及人也将其作为毒品和催眠药使用。实在说，麻醉无非就是可以掌控的中毒，撇开瘾品的讨论，麻醉起码可以屏蔽身体的疼痛，于是它是不可或缺的。诚然，轻度的麻醉也会带来诸如镇咳之类的疗效。

一般以为，莴苣肉质的茎，肥嫩如笋，因而才有莴笋的延伸美称。不过，时珍大爷则另有说法：剥皮生食，味如胡瓜。糟食亦良。江东人盐晒压实，以备方物，谓之莴笋也。竹笋果然是鲜食利口的尤物，但作为一款可以致远的土产，它不能不遭到干制。这个道理自然也适用于莴苣，只是它更写实的称谓当是莴笋干，一如竹笋的同品笋干，莴笋的名号，还是归属于肥嫩的鲜品才最是传神。也惟其如此，大爷提到的生食，当是本菜最为宜人的吃法。大爷甚至说，莴苣不可煮烹，宜生揉去汁，盐醋拌食。大爷还将其直截标名为生菜，如你所知，食叶品种至今依然沿用这个称号。而解毒的姜汁，不论茎叶，正巧可以浇上调味，所谓天设地造，意味更其深远。

入药的莴苣，可以利五脏，通经脉，开胸膈，坚筋骨，去口气，白齿牙，明眼目，通乳汁，利小便，杀虫蛇毒。这样的药效，保健的意味相当浓郁，十分烘托药食同源的传统理念。这样看来，千金菜的称号，意味并不止于购入价格的高企也。只是其中说到明眼目，却与前贤所谓久食昏人目，略有纠葛。看来本菜禀赋的毒，更容易体现于眼目，至于明和昏，只好在用量上把握分寸了。杀虫蛇毒的功效自然来源于百虫蛇虺对它的忌惮，于是附方中果然载录了蚰蜒乃至百虫入耳的对症：莴苣叶干者一分，雄黄一分，为末，糊丸枣核大，蘸生油塞耳中，引出；莴苣捣汁滴入，自出也。两方分别取法干鲜不同路径，左右逢源，繁简各异，足备不时之选。

莴苣的菜籽，炒制后入药，除了有下乳汁通小便的类同功效外，更有治阴肿、痔漏下血、伤损作痛的纵深功力，附方中更有肾黄如金、髭发不生之类富贵症候，且简便易行，正宜抄录，以飨成功人士。

肾黄如金：莴苣子一合细研，水一盏，煎五分服。

髭发不生：疥疮疤上不生髭发，先以竹刀刮损，以莴苣子拗猢狲姜末，频擦之。

后方所谓疥疮疤云云，大可不必过于拘泥，只看准不生髭发，不妨照单办理，乱投医正是针对疑难杂症多方尝试的逼真描摹。

腥臭

农业文明时期，肉食始终是口腹之欲的核心标的，而短缺经济时代，荤腥几乎是衡量生活品质的唯一砝码。如果一株植物的草根身体，能够禀赋动物肉体的馥郁味道，便无疑是陷身肉食匮乏之中竭力自拔的人们挥之不去的心头所爱，起码方便成为肉食的替身和安慰剂，聊且消乏终日寡淡的口舌。

这个真的有，却未必讨喜，譬如鱼腥草。该草果然散发出主体动物食材的味道，但发扬的却是刺鼻的鱼腥气息。鱼虽然是大多数人群的所欲，臭鱼烂虾也是水产品的常态，但过于浓烈的腥臭，终究不是谁都能消受得起的。

虽然有听上去颇颇委婉的折耳根，以及字面古雅令寻常人看不大懂的蕺菜，但该草最是妇孺能详的称号，还是非传神写真的鱼腥草莫属。说起来，该草叶片心形，面绿背紫，花序穗状，穗下绽放四枚白色苞片，虽然不敢说国色天香，却也不失为山野村姑的清秀本色。无奈天生一股扑鼻的体味，顿时将它打落泥沼，任何人描述它，都不能无视其腥臭草本的基本定位。

一向说闻香识女人，但声名卓著的麝香，便源自雄麝腺体的分泌物，原本散发的偏是令人不快的臭味，只是经过高度稀释后，方才放射出摄人心魄的名贵香气。由此足见香与臭，居然你中有我，我中有你，真的具有吊诡的辩证关系。这样看来，头顶鱼腥秽名的本草，自有其别样风范，孤芳与独臭，亦不妨各领风骚。

如同花季少女最爱油炸臭豆腐，鱼腥草也是山南江左之人喜好生食的看家菜。传说越王勾践便嗜食此菜，绍兴东北的蕺山，便是他登临采集的故地，蕺山的命名也正是因蕺菜而来。吃得苦胆的霸主，食臭自不在话下。世称右军的王羲之也曾筑庐蕺山，想来鱼腥的气味或许曾和隐隐泛臭的墨香，氤氲缭绕于书圣唇边鼻畔。

与后世的全草入药不同，时珍大爷的书中，着意的只是该草的叶。虽然本草俨然作菜，但入药却只做外用，举凡蠼螋尿疮、恶疮、白秃，热毒痈肿，痔痔脱肛，疟疾，种种，果然统统打理，但均不入口。即便是虫牙作痛，也须绕道迂回：本草会同花椒、菜籽油等分，捣匀，入泥少许，和作小丸如豆大。随牙左右塞耳内，两边轮换，不可一齐用，恐闭耳气。

所谓蠼螋尿疮，听起来有些古怪。蠼螋号称长脚蜈蚣，按照时珍大爷的描述，该虫长不及寸，状如小蜈蚣，青黑色，二须六足，尾有叉歧，能夹人成疮。又能尿人影，令人生疮，身作寒热。所谓尿人影令人生疮，颇有点灵异色彩，想来大约还是触及皮肤使然，只是人不经意罢了。蠼螋尿疮宛如痱子而大，缠腰周匝，属于轻易去除不得的顽疾。孙思邈在其《千金方》中自述曾得此疮，经五六日治不愈。有人教画地作蠼螋形，以刀细取腹中土，以唾和涂之，再涂即愈。

孙氏既称真人，难免有些神道风貌，其实犀角汁、鸡肠草汁、马鞭草汁、梨叶汁、茶叶末、紫草末、扁豆叶、羊髭灰、鹿角末、燕窠土，当然还有别号蕺菜的本草，只需其中一种涂之，便可奏效。孙真人被尊为药王，自是诸药详悉，于此居然要画影图形，要么是诸方用尽不验，要么就是有意故弄玄虚。

至于作菜果腹而入药外敷的道理，大约在于本草有小毒。前贤对此多有提示，譬如多食令人气喘。再譬如俗传食蕺不利人脚，恐由闭气故也。今小儿食之，便觉脚痛。又譬如小儿食之，三岁不行。久食，发虚弱，损阳气，消精髓。又譬如素有脚气人食之，一世不愈。

诸家所言，要点在于其不利于足，小儿体质尚弱，尤其显著，而长期食用，即便成年人亦不能免于虚弱乃至损消阳气精髓。这也无怪，任何人类纳入食谱的东西，并非天生该当遭受咀嚼，落实到本草，刺鼻的气息，微毒的性味，都是再昭彰不过的预警，偏你不屑理会，恣意沉湎，自是不免中招，终是咎由自取，须怨不得本草。

野菜标本

　　作为著名的野菜，蕨的名声十分昭彰，它甚至被直呼为山野菜，俨然是野菜标本式的强势代言。这自然是有充分理由的。在自然尚未蒙受工业化深度洗礼之前，田野和天空一派青葱，因而所谓绿色理念，反而无从谈起：但凡咄咄强调的，总是稀缺的资源，而当资源充盈时，并没有谁肯留心在意，有的只是没心没肺毫无节制的流失和糟蹋。

　　蕨之所以被派为野菜的强势代言，与它强悍的生命力大有关涉。由于经纬度不同所带来的气候和环境差异，世界上只有为数不多的植物能够做到披靡地域的广泛分布，行迹遍及各个大洲，蕨便是其中无可争议的之一。既然禀赋如此的世界性品种意义，蕨之成为山珍的翘楚，自然毫无悬念。有意味的是，早年的经学家也将其直截诠释为山菜，足见这种标本式的代言，其来有自，源远流长。

　　时珍大爷描述道：蕨处处山中有之。二三月生芽，拳曲状如小儿拳。长则展开如凤尾，高三四尺。其茎嫩时采取，以灰汤煮去涎滑，晒干作蔬，味甘滑，亦可醋食。其根紫色，皮内有白粉，捣烂再三洗澄，取粉作粗粝，荡皮作线食之，色淡紫而甚滑美也。野人饥年掘取，治造不精，聊以救荒，味即不佳耳。《诗》云：陟彼南山，言采其蕨。陆玑谓其可以供祭，故采之。然则蕨之为用，不独救荒而已。

大爷这番描述信息量可谓浩大。蕨的处处有之其实不仅山中，否则如何博得世界性物种的顶戴。生芽拳曲如小儿拳，长大展开如凤尾，这样的描摹不但写实，而且颇富修辞的生机，蕨也因此又名拳菜，联系到它的强势代言身份，果然是硬邦邦的拳头品种。不仅植物，食嫩几乎是人类对自然物索取食用的第一要义，这该是先民野外生存积累下的体味，于是蕨之成为菜，嫩芽最是根本。也就是说，拳才是菜，凤尾却不堪入口了。灰汤煮去的大约不止涎滑，还有其他不够爽口的味道，譬如涩。人之区别于动物，正是有改造处置的巧思，只是这巧思倘若失度，后果也是相当糜烂的。甘滑当是处置后的口感，凉拌的醋食，则至今犹存。

而皮内的所谓白粉，也即大众耳熟能详的淀粉。粉作的粗粝，看起来十分古奥，并且果然进入了《楚辞》的章句。此外它也还有听起来不免冷僻的寒具、膏环之类的称号。细详其做法，不过是搓面成细条，组之成束，扭作环形，以油炸之：其实就是大众点心的馓子。陆游有诗云：陌上秋千喧笑语，担头粗粝簇青红。出没于担头的，只好是平民食蔬。淡紫色的线食，也即蕨根粉，则是油炸之外的素作，也才会有滑美的味道。这些当然是精细处置后的粗粮细作，而野人饥年掘取救荒，果腹活命才是要紧，味道佳与不佳，不在计较范围之内。

如你所知，但凡救荒的品种，总是酷烈的天灾之后依然容易觅得的顽强草根，这正可印证它的生命力强悍不愧世界性物种，或许这也才是蕨之能够强势代言山野之菜的终极缘由吧。这样看来，大爷所谓不独救荒的说法，反而有些滞着了。

至于祭祀用品的说法，来自经学家的考据，其实祭祀用品无非是活人口腹之欲的冥界延伸，但《诗经·草虫》里提到的采蕨，却未必一定是供祭，毕竟同样的句式还有言采其薇，而薇也不过是可食的野物而已，草民拔来吃掉原是寻常的事情，只是因为辽西孤竹君的两个儿子伯夷叔齐不食周粟，隐于首阳山采薇而食之，终于饿死，薇的名气才越发大了起来。

和作菜略有出入，蕨之入药，部位在其及根。其功效，则在于去暴热，利水道，令人睡，以及补五脏不足，气壅经络筋骨间，乃至毒气。将根烧灰油调，还可以外用，傅蛇虫咬伤。

这其中，大约只有令人睡是有些狐疑的，失眠固然是痛苦的折磨，但昏睡也并非人之常态。如果联络到拳菜的醋食凉拌，正可以是不错的按酒，于是令人睡便有些顺理成章的意思。不过，前贤早就赫然指出蕨的死穴：久食令人目暗、鼻塞、发落，冷气人食之多腹胀，小儿食之脚弱不能行，更严重的则是成瘕，也即腹中结成痞块。陈藏器诠释：多食消阳气，故令人睡、弱人脚。四皓食芝而寿，夷齐食蕨而夭，固非良物。

这却是大麻烦，虽然植物并非天生该被吃掉，它们的身体里总会生发出抵抗侵犯的毒素，但既然作得菜品，久食几乎是题中应有之义，如果说鼻塞腹胀乃至发落还算是小症候的话，目暗脚弱不能行以及成瘕消阳气甚至短命，则是事关重大的严峻事态，在纯天然成为一种时尚的当下，这样的断语浑似当头棒喝。

不过，时珍大爷对此，倒有另外的发明：蕨之无益，为其性冷而滑，能利水道，泄阳气，降而不升，耗人真元也。四皓采芝而心逸，夷齐采蕨而心忧，其寿其夭，于蕨何与焉？陈公之言，可谓迂哉。然饥人濒死，赖蕨延活，又不无济世之功。

蕨之无益，看来起码是传统医学的定评，性冷而滑既能利水道，亦可泄阳气，耗真元，这终究不是一款菜品所当具备的质素。大爷以伯夷叔齐采蕨的心态而归结寿命，将两位王子的死掉转嫁为心理作祟，大约也是未必妥帖的，毕竟史书上朗朗写着他们是饿死，细究起来，其中或许会有心忧摧残的成分，但缺乏周粟这样的碳水化合物，才是他们致死的真正元凶。大爷说陈藏器迂，其实大爷自己也是有些偏执的。至于救荒活人，诚为济世之功，但那毕竟是救急，绝非常态，因而也依然掩盖不了蕨之无益于人乃至固非良物的坚硬结论。

前贤这些昭彰的论述，其实早就书之于册，班班罗列，不料依然没有影响蕨之担任菜品的地位，甚至不妨碍它作为野菜标本式的强势代言，究其原因，大略只好说医者庸碌不能警醒世人，而世人愚钝又偏不肯读书，以致有此贻误。

在号称科技昌明的时代，传统医学蕨菜无益乃至有害的定评不但没有遭到播扬，反而将其作为天然安全无污染的土产，甚至被盖上了抗癌的戳记，越发热吃起来。其实，起码在百多年前，人们已经注意到大量食用蕨菜会造成牛的中毒甚至死亡，即便吃得不那么多也足以令其骨髓功能丧失，出现白细胞缺乏血小板减少乃至大出血的危殆症候。而吃下蕨菜的羊，则会慢慢失明。更严重的是，科学家经过对实验动物的一番折磨，确认蕨的确致癌。而不同地区的调查也带来统计学意义上的证据，食用蕨菜对食道癌和胃癌的发生率，都有成倍的增加。

这时再来温习前贤目暗脚弱，以及消阳气耗真元的论述，简直精辟，而令人睡大约是慢性中毒的表征，成瘾也难免和肿瘤癌变颇有关涉。

诚然，有毒的未必做不得药材，只是投药时需要权衡利弊得失的孰轻孰重，因而蕨之入药，依然可持谨慎乐观态度。但作为菜品，尽管食用前的粗细加工总会降低甚至大幅度降低毒素的含量，却做不到从根本上消除，因而蕨菜作为食用植物，尤其是野菜标本的强势代言，实在需要正本清源。换句话说，蕨是否还能作菜，已经到了非取舍不可的时候了。

第四辑

果部

皮囊

如同川菜湘菜粤菜离开了发祥地便再没了正宗的滋味，传统医学一向看重药材原料的水土，所谓地道药材，正是以产地作为无可替代的昭彰标签。一方水土养一方人的老话，应该是所谓土产的宏大意义所在。

对物种的地域性诠释最经典的，无疑是那句橘逾淮而北为枳的著名论断。此话源出《周礼》，不过齐国大夫晏婴拿来充当外交辞令辩驳楚王君臣的掌故，更加广为人知。然而，按照物种学的解释，枳并非橘的变种，而是确有其树，木如橘而小，叶如橙多刺，从山东到广东，分布祖国各地，只是果肉少而味酸，不堪食用。好在枳橘本是一科，枳经常被当作橘的嫁接砧木。自种的橘无疑气味尤胜，但嫁接的确可以省却许多种植的麻烦。这样看来，江北虽无橘，江南自有枳，并非水土变异，祖宗们察物终究不够细致。

尽管橘枳的文献学意义被冰冷的科学攻破，但水土的意义依然萦绕橘的左右挥之不去。与云南三七宁夏枸杞四川贝母一样，广东橘皮也即陈皮，无疑是地道药材中的经典品种。

号称山中宰相的陶弘景说，橘皮疗气大胜。以东橘为好，西江者不如。须陈久者为良。这便是橘皮又名陈皮的来历。他药贵新，惟此贵陈。而广东橘皮，则以广陈皮单列，颇颇迥异于那些没有产地标榜的大路货。

　　时珍大爷详细罗列了橘皮柑皮柚皮色味外观的区别，严肃指出：橘皮性温，柑、柚皮性冷，不可不知。今天下多以广中来者为胜，江西者次之。然亦多以柑皮杂之。柑皮犹可用，柚皮则悬绝矣。翻阅今天的药书，柑皮早已登堂入室，成为陈皮的当然品种，含混间将大爷的差强变身坦然，这就无怪药效的今不如昔了。

　　橘瓤上的白色筋膜，老辈人常说是好东西，食之不弃。案之大爷的著作，果然说它主治口渴、吐酒，炒熟煎汤饮，甚效。不过，作为陈皮的附着物，术语表达称之为筋络状维管束，则有辨证施治上的去留问题：凡橘皮入和中理胃药则留白，入下气消痰药则去白。或者说是，留白则补脾胃，去白则理肺气。只是这种细致的辨证，后世并不肯留意，所以药房里的陈皮，无所谓留白去白。

　　前贤对橘皮的评价，可谓神矣：能散能泻，能温能补能和，顺气理中，调脾快膈，通五淋，疗酒病，其功当在诸药之上。时珍大爷则说它：苦能泄能燥，辛能散，温能和。其治百病，总是取其理气燥湿之功。同补药则补，同泻药则泻，同升药则升，同降药则降。脾乃元气之母，肺乃摄气之籥。故橘皮为二经气分之药，但随所配而补泻升降也。原本一枚水果的包皮，无非食后的下脚弃物，不料到了郎中们手里，竟然化腐朽为神奇，俨然文武兼备打理百病的万金之躯。

宋朝人方勺写过一本《泊宅编》，里面提到他岳父莫强中做丰城县令时，得了一种病，每次吃完饭，总是觉得胸口堵得慌，喝了许多药也不见效。一次，家里调和橘红汤，他就便喝了一些，觉得舒服许多，于是每天连着喝起来。这天，莫老爷忽然感觉胸口里有样东西掉了下去，吓得他大惊失色，目瞪口呆，汗如雨下。过了没多久，肚子痛起来，随即排下几块铁弹子模样的东西，臭不可闻。从此他胸间豁然开朗，以前的病顿时好了。那些臭烘烘的铁弹子，就是脾中受冷的壅积。

至于橘红汤的制作方法，为种福田起见，此处不烦抄录：用橘皮去瓤一斤，甘草、盐花各四两，水五碗，慢火煮干，焙研为末，白汤点服。这方也有个名号，叫作二贤散，栩栩然是把橘皮和甘草譬喻为孔孟一般的圣贤。该散专治一切痰气，卓有效验。不过，时珍大爷还是窝心提示：二贤散，丹溪变之为润下丸，用治痰气有效。惟气实人服之相宜，气不足者不宜用之也。丹溪即元代朱震亨，一位注重滋阴降火，治病多有奇效的名医。至于大爷的温馨贴士，其实不止二贤散。陈皮虽是万金之药，多用久服则伤肺耗津，一样会损害元气。凡气虚及阴虚燥咳，吐血衄血者，均应慎服。

与黄橘皮色红日久的陈皮又称红皮相对，橘子未黄而青色的皮囊，医书中另立青橘皮名目，称为青皮。听上去宛如无赖的青皮，气味芳烈，药效上与陈皮互有长短，所谓陈皮治高，青皮治低。陈皮浮而升，入脾、肺气分；青皮沉而降，入肝、胆气分。一体二用，物理自然也。

青皮古方未见，宋代医家最早启用。法制青皮常服，安神调气，消食解酒益胃，而且不拘年龄，老少皆宜。仁宗皇帝每次饭后，都会咀嚼数片。据说是一位叫作邢和璞的道人所献，名为万年草，后来又改名延年草。仁宗皇帝体恤臣子，将药方赏赐宰相吕夷简。福田不嫌多，药方继续抄录：用青皮一斤浸去苦味，去瓤炼净，白盐花五两，炙甘草六两，舶茴香四两，甜水一斗煮之。不住搅，勿令着底。候水尽慢火焙干，勿令焦。去甘草、茴香，只取青皮密收用。草部头牌的甘草，异域舶来的茴香，到此居然都只是配料，足见青皮的不可替代。

一向说药食同源，橘皮照样不脱此路数，作为调料，除了增加调和鼎鼐的味道，还能解鱼腥毒，上面缕述的种种药力，也会深入食材的腠理，饕餮大嚼之中，氤氲种种疗效于无形。

俭岁为饭，丰年肥猪

唐朝的皮日休，在鹿门山做过隐士，据说因为其貌不扬，又嘴不饶人，虽然中了进士，却被排在榜末。他曾做过著作郎和太常博士。博士自然是有学识的人，只是太常博士的职责，主要是讨论皇帝后妃之类大人物的谥法，也就是在他们死后琢磨出一个既概括生平又不失体面的称号，毕竟，相比凤毛麟角的英主，大多数帝后都是庸碌乃至昏昧之辈。这样的工作对于一个愤青气质的才子来说，应该是并不愉快的。后来黄巢军攻入长安，国号大齐，他被任为翰林学士，据说这便是新旧《唐书》不为他立传的因由。

皮学士一向对时政多有讥刺，按说遭际造反派该是如鱼得水，不过，以他一肚皮的牢骚，未必识得大体，未必讨得草头王欢心。历来关于他的归宿说法不一，其中便有招惹黄王被杀的说法，但也有未陷贼中，乃至做了钱镠判官的种种传言，散见于后人的笔记中，大约不知所终正适合他的了结。

鲁迅先生曾经夸赞他是一塌胡涂的泥塘里的光彩和锋芒，但说的只是他的文，先生以为唐末诗风衰落，因而在后人眼里诗人身份的皮学士，想来先生是未必赞同的。但文学史家则将其与聂夷中杜荀鹤划为接续新乐府一路，《橡媪叹》则是其著名的篇章：

> 秋深橡子熟，散落榛芜岗。伛偻黄发媪，拾之践晨霜。移时始盈掬，尽日方满筐。几曝复几蒸，用作三冬粮。……

皮学士描摹的是收成上缴官府之后所剩无几，只好捡拾橡实充饥的老妇人，凄惶度日的无奈。

橡子或者橡实，就是橡树的果实，也叫橡斗、皂斗。所谓皂斗，前贤说，谓其斗刓剜象斗，可以染皂也。说的是去掉果仁的果壳，宛如量器的斗。斗虽然习见方形，但果然有长圆的鼓形，两造的轮廓果然有些相像。染皂则说的是它作为黑色染料的功能，黑是用途广泛的颜色，时尚界也干脆说它是永远的流行色。

橡树是栎树的通称，生物学将其划为壳斗科植物下的栎属。时珍大爷说：栎有二种，一种不结实者，其名曰栎，其木心赤，《诗》云"瑟彼柞棫"是也。一种结实者，其名曰栩，其实为橡。二者树小则耸枝，大则偃蹇。其叶如槠叶，而文理皆斜勾。四五月开花如栗花，黄色，结实如荔枝核而有尖。其蒂有斗，包其半截。其仁如老莲肉，山人俭岁采以为饭，或捣浸取粉食，丰年可以肥猪。北人亦种之。其木高二三丈，坚实而重，有斑文点点。大者可作柱栋，小者可为薪炭。《周礼·职方氏》"山林宜皂物，柞、栗之属"即此也。其嫩叶可煎饮代茶。

小则耸枝，大则偃蹇的树形，在后世女诗人眼里，曾经看作魅力十足的情人意象，在朦胧年代，留下天下吟诵的传奇。所谓开花如栗花，果然观察细致，栗正是栎壳斗科的兄弟，在《周礼》看来，它们都归入皂物，适宜山林种植。不过，同为坚果，橡实的果仁即便被誉为老莲肉，口感比之板栗，自是相差远矣，这或许是其中包含鞣质所致。即便担任救荒品种，它的入口，正如皮学士所谓几曝复几蒸，需要十分繁复的程序：取子换水，浸十五次，淘去涩味，蒸极熟食之，方才可以济饥。包其半截的蒂斗，算得上是橡实颇具标志的特征。而俭岁为饭，丰年肥猪，正好印证了皮学士描摹橡媪的凄惶。

木实为果，橡盖果也。大爷将橡实从木部移植到果部，自然有正本清源的考虑，但鞣质导致的口感，又令它只配在山果类排序最末的次席，而同为壳斗科兄弟的栗，则名列果部起始的五果类，拥有无可争议的领衔身份。正如大爷所云：五果者，以五味、五色应五脏，李、杏、桃、栗、枣是矣。占书欲知五谷之收否，但看五果之盛衰。在五果与五谷的对应上，栗主稻，起码在预测稻米的丰歉上，栗的地位相当高大，即便在五果中也被列为上品，相比在山果中与孙山比肩的橡实，真的不可以道理计。

诚然，木本的坚果，不免是繁华年代有产阶级闲暇磨牙之零食里的俏货，孰料在短缺经济时代，却在被迫之下偏偏成为底层大众每日果腹的口粮，遭遇丰年更要堕落为猪食，虽然被当作精饲料，可毕竟是不齿于人类的牲畜才会放纵大嚼。当然，在粮食不再匮乏之后，温饱的境界和记忆被痛快地抛掷脑后，许多匮乏时期只为填饱肚皮的粮食替代品，倒是纷纷登堂入室，变身点心珍品，这大约该算是吃饱之后撑出来的癖好吧。

橡树的木质，正如大爷说的，斑纹点点，充斥着蜂窝状结构，除了大者作柱栋，小者为薪炭，洋人那边则用为葡萄酒桶和酒塞的材料，不但防潮防蛀，据说更对酒的发酵和口感，多有裨益。而影响橡实口感的鞣质，此时也助力抵抗酒质的氧化。嫩叶煎饮代茶，自然可以看作茶文化的扩展，同时它也是柞蚕的饲料，在农桑为本的理念看来，价值当远在贪图享乐的饮料之上。

本果的入药，气味果然苦字当头，不过微温无毒，则是作药的安全保障，也是它足以救荒的根本。本果主治项下，罗列得相对零星：下痢，厚肠胃，肥健人。涩肠止泻，煮食，止饥，御歉岁。如果撇开下痢止泻，尽管厚肠胃肥健人与止饥御歉岁，听起来似乎其间颇有高下之判，其实说到底，不过是有产和无产两个阶级对同一食物的不同立场诠释而已。历史上如皮学士描摹的橡媪一般吃橡实充饥的人，一如历史上不绝如缕发生的灾荒一般，不可胜数，并且如那位橡媪一般，连姓名也失于记载，但名人的事迹，一如二十四孝，总会被作为样板，流芳下来，所以大爷提到橡实之俭岁人皆取以御饥，便举了两个名人作证：昔挚虞入南山，饥甚拾橡实而食；唐杜甫客秦州，采橡、栗自给，是矣。杜甫一生漂泊饥寒，出贬华州后，正当关辅大饥，奸人专权，立秋后弃官西去，流寓秦州，倒是与橡媪拾橡实度荒，在时节上切近。挚虞是西晋人，一生著作不倦，做过太常卿，依稀与皮学士有些仿佛。后来洛阳荒乱，他终于还是饿死了，足见粮食或者吃饱才是硬道理。

不过，在孙思邈眼中，橡实却摆脱了俭岁为饭丰年肥猪的境地，完全是另一番气象：橡子非果非谷而最益人，服食未能断谷，啖之尤佳。无气而受气，无味而受味，消食止痢，令人强健不极。服食丹药是道教的养生法，《古诗十九首》里说，服食求神仙，多为药所误。可见求仙服食，长命的远大目标之下，亦不免有性命之虞，而木本粮食的橡实，吃下去则了无毒害，起码聊解辘辘饥肠，所谓无气而受气，无味而受味，想来是差不多的。至于止痢，大约在于本果的涩肠。只是消食云云，有些古怪，与主治项下所谓厚肠胃，止饥，感觉正相径庭，不知孙神仙此言所本是何。

除了橡实，斗壳和木皮也可入药，并且都有一以贯之的止痢之功。此之外，斗壳还可止肠风崩中带下，染皂亦可染须发，是生态的化妆品。木皮则可治恶疮，洗肿中脓血，消瘰疬，主打煎洗外用。

纵欲者的替罪羊

　　被列入一级致癌物的槟榔，不过是一款水果。椭圆一似鸡卵的槟榔，生长热带，岭南的出品，原是1000多年前引种的舶来。也就是说，即便它的致癌确凿无疑，也不过是异域移植的祸根，好比广州的贼都是外地的。

　　按照时珍大爷的解释，宾与郎都是贵客的称谓，从前交广一带贵客临门，一定要先呈上它，若是一时不凑手没有准备，便会遭人埋怨，生出嫌隙。于是这枚待客常供，由此得名。

　　笔记上说，真槟榔来自舶上，岭南所生，皆大腹子槟榔。陶弘景进一步分析说，出交州者，形小味甘。广州以南者，形大味涩。一向说移植的终非正宗，譬如川菜到了北方，只剩下一味灼人的辛辣。

　　涩也无妨，自有处置它的妙方。吃的时候，只要添加扶留藤及蚌壳灰，相合咀嚼，吐去红水一口，顿时柔滑甜美。作料改善口腔味觉，是添加剂诞生的智慧，据说中餐到了洋人那里都喜欢放番茄酱，当然失去了原汁原味，但槟榔的作料，却有再造之功，是点化的救赎，与一味甜嗖嗖的番茄酱，自有云泥之别。

得到救赎的槟榔，果然成为岭南人不离不弃的爱物。康熙年间首任台湾知府编修的《台湾府志》上记载，啖槟榔者男女皆然，行卧不离口，啖之既久，唇齿皆黑，家日食不继，惟此不可缺也。解纷者彼此送槟榔辄和好，款客者亦以此为敬。

二十世纪八九十年代，台湾曾有个风靡一时的少女演唱组合，号称台湾有史以来第一个少女偶像团体，团体的名字叫作红唇族。这是个极富性感的称谓，但也是当地对贪食槟榔者唇齿皆黑的噱称。

虽然吃水果原本是满足口感，但岭南人却有另外的主张，说是南方地湿，不吃它便无以祛除瘴疠。有鉴于此，槟榔又名洗瘴丹。瘴疠用今天的话说，就是疟疾。发作起来，如狂风席卷，望风披靡，死人的事情是经常发生的。这就无怪人家贵客临门，不上本果，必生嫌恨了；有了本果，连纠纷都足以和好。自然了，如果本果的确具有荡涤瘴疠一洗乾坤的神奇疗效，进门不让人家吃进本果，就像到了疫区不给人注射疫苗，几乎等同谋杀。进门奉茶，除了解渴，更多是一种礼数，而槟榔之于岭南人款客，却性命交关，意义远不止于讲礼，遭人嫉恨是必然的。

水果而天赋药性，倘不入药，天理不容。前贤对本果入药的品种，不屑于口感的涩与非涩，而着意讨论头圆头尖，以为后者力小，前者力大。而气味项下，则罗列苦、辛、温、涩、无毒。除了无毒，其他诸项，令人几乎看不出这是在说一款水果。

尽管如此，本果的主治无疑是斐然的：宣利五脏六腑壅滞，破胸中气，下水肿，治心痛积聚，除一切风，下一切气，通关节，利九窍，补五劳七伤，健脾调中，消谷逐水，除痰澼，疗诸疟，御瘴疠。

　　内中的疗诸疟御瘴疠，正是本果最要紧处。宋朝的罗大经在他的《鹤林玉露》中，就岭南人用槟榔代茶，防御瘴疠，总结了四大功劳。一是醒能使之醉。据说吃本果多了以后，双颊就会熏然发红，和饮了酒水一样，并举东坡老红潮登颊醉槟榔为证。二是醉能使之醒。因为酒后嚼服本果，可以宽气下痰，捎带利尿，余醉当然顿时消解。也有朱熹老槟榔收得为祛痰句子作旁证，不过晦庵老只说了祛痰，却没明说解酒，属于证据不足。三是饥能使之饱。空腹时吃下本果，便会充然气盛，很有些饱满的感觉。四是饱能使之饥。肚子撑着之后，吃下本果，便可以快然破解。

　　这样的功劳总结，的确令人眩晕。醉与不醉，饥与不饥，都可以一颗果子包办，并且颇有些道理予以条陈，并非空泛之论，更无回避躲闪之嫌。吊诡的是，四大功劳，偏偏两两相对，出其左右，竟然皆逢其源，简直极品。

　　然而，极品也有极品的死穴。上述辩证法一般玄妙的四大功劳之外，也有人专门对岭表之人，打着防御瘴疠的旗号贪吃本果，提出严肃质疑，说瘴疠的发作，大都因为饮食过度，气痞积结所致，而槟榔正是最能下气消食去痰，所以当时见效。可这些人急功近利，只管眼前，不计长远，殊不知，那边地理炎热，四时出汗，人多黄瘦，吃它必然脏器疏泄，一旦瘴疠缠身，自然不敢发散攻下，后果必然不堪设想也。槟榔祛瘴固然不假，但有瘴服之可也，无瘴而频频服食，岂不损毁正气，如同强盗压境，却门户洞开，祸患真的无穷啊。

这样的纯粹理性批判，大约足以对本果列入一级致癌物做出得当疏解。既然本果被当作抵御瘴疬的药材，便须依照药材的规矩，所谓是药三分毒，倘若镇日痴迷，沉耽其中，无异天天服毒，将原本一剂药材的水果，变身堕落成了祸害瘾品。

水果出身的槟榔，原本无心为恶，只是痴迷者不知节制，方才自作孽缔结恶果，不料却将罪恶坐实在无辜的槟榔身上，成了纵欲者的替罪羊，这大概便是以人为本永远颠扑不破的硬道理吧。

天生白虎汤

《伤寒论》里有一例白虎汤，用石膏知母甘草粳米四味调配而成，负责清气热，泄胃火，解决烦渴引饮种种症候。但这是河南医师张仲景耗费心血的后天之作，虽然救命于水火，却附着了人力，总显矫情。有一款水果，其性寒解热却是娘胎里带出来的自然本性，因此号称天生白虎汤。

这天作的白虎，乃是蔓生，叶子深青，脊背微白，茎身上爬满细小硬邦的刺毛。结出的果实，颜色或青或绿或白，形状或长或圆或扁，个头或大或小，皮子里面的瓤肉也或白或黄或红，瓤里面的子或黄或红，或黑或白。

存储如许或然的该果，来历则颇有些曲折。五代时，契丹国辽太祖耶律阿保机老婆的侄子，又是辽太宗耶律德光大舅子的萧翰，跟随契丹大军进驻中原，做了节度使。后来契丹大军北返，萧翰留守河南。但后汉刘知远已经建号太原，萧翰孤悬一线，于是也见机北归契丹。萧翰手下有个叫胡峤的掌书记，跟随萧翰去了契丹，因缘际会，在那里吃到了本果。

本果其实也非契丹国土产，而是契丹攻破回纥时的战利品，是牛粪里培植出的罕物，结实如斗大，味道甘甜。后周的时候，胡峤从契丹逃回中原，就手捎带上了本果的种子。回纥就是维吾尔，位在西域，追根溯源，于是本果便理所当然地叫作了西瓜。

说起来，真要追根溯源，本瓜的原产地乃是更西的非洲，栽培始于太古埃及人，距今已有4000余年。西瓜在本土，五代之先，瓜种其实已入浙东，只是没有西瓜的名号而已，五代之后，更是处处有之。不过，本瓜产自南方者，味道远不及北地。大约也因为如此的水土关系，甚至连吃它的质素，也是北人过于南人。前贤说，北人禀厚，食之犹惯；南人禀薄，多食易致霍乱，冷病终身也。

霍乱的名头实在令人胆寒，但怎么也让人将它和解渴极爽的西瓜联系不起来。不知是前贤们意在危言耸听，还是他们所生活的前科技时代卫生营造的环境使他们不得不如此危言耸听。

本瓜的瓜瓤，生物学上称之为胎座，听起来宛如胎盘，俗称也果然叫作植物胎盘，正是本瓜果实的主食部分，按照时珍大爷的归纳，瓤的颜色，乃是色如胭脂的红色最胜。而以瓜子论，则是白者瓜质最劣。

在大爷的书里，本瓜瓜瓤的气味界定是甘、淡，寒，无毒。而主治栏下则罗列了消烦止渴，解暑热，疗喉痹，宽中下气，利小水，治血痢，解酒毒等比那后天白虎汤有过之而无不及的得当疗效。

回想前贤们耿耿恫吓的霍乱，大约还在于饶是多好的东西也不宜多食的根本原则。时珍大爷曰：西瓜甜瓜，皆属生冷，世俗以为醍醐灌顶，甘露洒心，取其一时之快，不知其伤脾助湿之害也。前贤记载，某太守避暑食瓜过多，至秋忽腰腿痛，不能举动，这便是食瓜之患也。所以为警醒世人考量，本瓜另外还有一个表白个性的别称，正唤作寒瓜。

博物的书上记载，本瓜贮藏得法，可以放至来年春夏，可见那时虽然没有大棚子的温室效应扰乱季节，却也不输于后来的什么。但本瓜的要害则在于不能轻易靠近糯米，更不可被酒气熏染，否则便是溃烂。而猫若撒欢踏上本瓜，除了表皮的深浅破相外，还会导致本瓜之瓤变沙。沙瓤肉瓤，本来各有取舍，不过沙瓤如不及时清理，则会进一步娄掉，这却是恶化，没人喜欢吃的。卖瓜之中小民营企业家，投入产出需要精打细算，于此不可不慎也。

本瓜的子，除了当种子，还可以擘壳取仁，当作茶话的点心。本瓜的皮，气味甘凉，可以蜜饯糖煎酱腌，作甜品作零食作咸菜，因应肚皮的各种需求；同时也可入药，烧研噙之，主治口舌唇内生疮；甚至贪口食瓜过伤，也可以本瓜皮煎汤解之。其实，这样的原皮化解，乃是诸瓜皆同，好瓜者自当尤其留意也。

第五辑

木部

阿拉伯树脂

乳香的名字透露出一股馥郁的性感，起码是颇富动物生态的。但其实，它却是纯粹的植物出品。在传统药材领域，它一般以薰陆香的名号出现。

乳香名号中的乳，其实出自形态的写实。寇宗奭的解释最为到位：为其垂滴如乳头也。也唯其如此，它还有乳头香这样略嫌露骨的别称。

诚然，垂滴如乳头依然没有透露乳香的实质。于是前贤解释说：薰陆香是树皮鳞甲，采之复生。乳头香生南海，是波斯松树脂也，紫赤如樱桃，透明者为上。这种解释不免将薰陆和乳香拆解开来，前者树皮，后者树脂。这样的解释大体是不错的，不过却颠覆了薰陆即乳香的经典定义，起码产生了游离。于是另一位前贤引自《南方异物志》的解释便显得正本清源：薰陆出大秦国。在海边有大树，枝叶正如古松，生于沙中。盛夏木胶流出沙上，状如桃胶。夷人采取卖与商贾，无贾则自食之。葛神仙的《抱朴子》则说：浮炎洲在南海中，出薰陆香，乃树有穿伤，木胶流堕，夷人采之。

时珍大爷以为，作为异域的舶来品，乳香其实南番诸国皆有。他还引述《香录》云：乳香一名薰陆香，出大食国南，其树类松。以斤斫树，脂溢于外，结而成香，聚而成块。上品为拣香，圆大如乳头，透明，俗呼滴乳。次曰明乳，其色亚于拣香。又次为瓶香，以瓶收者。又次曰袋香，言收时只置袋中。次为乳塌，杂沙石者。次为黑塌，色黑。次为水湿塌，水渍色败气变者。次为斫削，杂碎不堪。次为缠末，播扬为尘者。

　　至此，乳香的名目才终于落实，实在它就是一种树脂，当然也属分泌物，乱巧似乎印证着哺乳动物泌乳的投射。所谓大食，是唐宋时期本土对阿拉伯人的专称，又是对伊朗语地区穆斯林的泛称。波斯则指伊朗。大秦究在何地，学界说法不一，有说指罗马帝国，有说指罗马帝国东部，有说指亚历山大城，而后说更得到认同。这样看来，产出乳香树脂的树，当是阿拉伯人活动区域的物种，由于古代交通和交际的制约，传闻的曲折流播，才有大秦大食波斯以及听起来愈发缥缈的浮炎洲之不同指认。

　　至于树形被归为松或类松，说起来也算不得错，不过这个归类大约更与两造都会树脂外溢颇有干系。被生物分类定性为橄榄科的乳香树，树形天赋一股异域风范，极富炎热地域植物的格调，倘若非要拿本土的眼光譬喻，它更像是园林里遭到扭曲加工的品种。大爷引述《香录》的描述，基本就是乳香生产的传统流程，至今阿拉伯人采集乳香，依旧是在树皮上割开切口，待流出的乳液一般的树脂接触空气变硬凝结成半透明的块状后，再用刀器剥离采集。如此，则所谓圆大如乳头，其实就是乳液状树脂凝结后的定型，乳香之乳，确乎是惟妙惟肖的写真。至于前人划分出的若干等差，大体就是其品相的差异，瓶香袋香不过是收置的容器不同，大约是不如拣香明乳外形可人，而乳塌的杂质正是溅落地面所致，斫削和缠末则简直就是下脚料了。

乳香既然称为香，无疑该当归属香料，时珍大爷的书，正是将其划入香木类，而本类之中，序列第二的便是松，头牌则是柏，王安石说，松柏为百木之长，这该是它俩排在冠亚的道理所在。

香料是阿拉伯商人经营的传统项目，阿拉伯香料的声名可谓无远弗届。香料因其散发的馥郁气味而令人愉悦，其中一些品种更有杀毒防病治病驱除虫蛇以及清新空气的功效，在炎热少雨的中东，它是必不可少的佳品。本土对芳香植物的利用，起码足以追溯到《诗经》《楚辞》时代，蒸肉掺饭作菜浸酒，是它对饮食领域的覆盖，而一向主张药食同源的传统医学，自然也不肯放过其医疗的奉献，而对诸如乳香这样舶来的洋香料，亦是采取兼收招纳的姿态。

值得一提的是，这款洋香料并未作为外来物种遭到本土引种，推量起来，貌似是移植不来的，否则史上那些喜欢吸纳罕物的强势皇帝，必定会派遣如张骞郑和之流的得力干才，将其移栽入皇家园林而后快。时珍大爷曾强调木本植物的性有土宜，想来这乳香树生固难徙的本能较之南橘北枳更其性烈，《楚辞》里那篇相当著名的《橘颂》，或许更适合于它亦未可知。

入药的乳香，诸家对其功效，罗列良多：主风水毒肿，去恶气伏尸，瘾疹痒毒；治耳聋，中风口噤不语，妇人血气，止大肠泄澼，疗诸疮，令内消，能发酒，理风冷；下气益精，补腰膝，治肾气，止霍乱，冲恶中邪气，心腹痛疰气，煎膏止痛长肉；治不眠；定诸经之痛；消痈疽诸毒，托里护心，活血定痛伸筋，治妇人产难折伤；仙方甚至用以辟谷。

对此诸多功效，大爷发明道：乳香香窜，能入心经，活血定痛，故为痈疽疮疡、心腹痛要药。《素问》云"诸痛痒疮疡皆属心火"，是矣。产科诸方多用之，亦取其活血之功尔。陈自明《妇人良方》云：知蕲州施少卿，得神寝丸方于蕲州徐太丞，云妇人临产月服之，令胎滑易生，极有效验。用通明乳香半两，枳壳一两，为末，炼蜜丸梧子大，每空心酒服三十丸。李嗣立治痈疽初起内托护心散云：香彻疮孔中，能使毒气外出，不致内攻也。

产科的活血，分寸感极强，胎滑易生自然皆大欢喜，但倘若中道流产，却是人命关天的大纰漏，而乳香于此偏能独擅打理，正是它的妙处。神寝丸用药寥寥，竟有如此保定乾坤的功效，值此剖宫产大行其道之时，本方的价值，大约不止于弘扬传统文明也。至于内托护心散的意义，则在于逼迫毒气外出，而非仅仅满足于疮面的封口，体现的是医者的细致仁心。

大爷书中本香的附方颇颇不少，堪与主治的良多呼应，除了上述涉及的种种，也还有梦寐遗精玉茎作肿之类涉及私隐的尴尬病症，而其中辟禳瘟疫一款，较之主治项下追求长生的辟谷，尤其引人注意：每腊月二十四日五更，取第一汲井水浸乳香。至元旦五更温热，从小至大，每人以乳一块，饮水三呷，则一年无时灾。

腊月正月，时当冬藏将尽，春气起复，所以老前辈们总习惯在这个当口安排些打扫卫生之类的节目，为的是督促卫生习惯不良的后人，趁着年节的热闹，打理一番处身的环境。本方的引人，则在于为新一年的健康，预作绸缪的伏笔。瘟疫即便在号称医学昌明的当下，也是需要提起万般警惕的莫测症候。本方制备绝不复杂，守岁之后，自幼及长，遍呷分福，在祛除时疫之际，亦不乏阖家参与的仪式感，相当符合一派祥和的大年气氛。有孔氏后人说，此方出自宣圣，也即后世亦捧亦骂的孔夫子，孔氏七十余代用之。此言一出，本方的体贴周详，顿时有了最恰当的诠释。不过，所谓七十余代用之云云，想来大约仅限于曲阜孔氏的嫡传子孙。而星散四方之孔姓后人，其实倒不妨在新年伊始，躬行此方，于禳避瘟疫的同时，氤氲家族亲和力，更力证自家的血脉身份，正可践行老祖举一反三的深刻教诲也。

神仙眷顾

东晋的权臣桓玄有令："古无纸，故用简，非主于敬也。今诸用简者，皆以黄纸代之。"如你所知，造纸术发明之后，纸张虽然进入了社会生活，但更多的是文人墨士的雅好。譬如东莱人左伯（字子邑）甚能造纸，擅名汉末，史称"子邑之纸，妍妙辉光"，并且和张芝笔、韦诞墨齐名，得到那个时代文士的喜爱，但它却并未成为主流书写载体，汉代的书写材料依然以简牍和缣帛为主，纸张只是非主流。直到桓玄此令颁布，纸张在本土的生产和流布才得以推广。书写材料的革命，并非简单的替代，其间往往涉及诸如文化传习种种元素，真正的更替，是需要蓄积到一定的势，才能水到渠成。譬如晋代迁都金陵，造纸术自黄河流域传至长江流域和江南，温润的气候，丰富的植物，首先在材料上提供了充足的造纸资源；而读书抄书藏书之风盛行，也令造纸术得以扩展传播：这些都为纸张成为主流载体营造了足够的氛围。诚然，在一个帝制国家，政令的作用必然大于技术的进步，桓玄此令，正是以官方姿态将纸张推上书写材料的主流。

黄纸也叫黄卷，是古人的书写载体。黄纸之所以为黄纸，除了可能与传统文化以黄为正色五行居中相关外，还有一个颇具意味的原因。纸张的材料既然出于自然，便必然受到自然物的侵害，蠹鱼便是这种侵害的领衔，这种以书为食的家伙，给纸张以及纸张构成的书籍带来了不容忽视的麻烦。西晋的葛洪，号抱朴子，人称葛仙翁，此公醉心炼丹术，于医学颇多创举，譬如以狂犬脑髓外敷伤口治疗狂犬病，以小夹板用于骨折复位，都是令人叹服的绝妙。除了《抱朴子》，他还有《肘后方》传世，后世如孙思邈等，多受其影响。葛神仙注重实验，颇多发明和发现，譬如，以白纸蘸尿，染黄如檗者即为黄疸。这样的试纸判断，在前科技时代是明快犀利的捷径。这位神仙一样的人，还有一个发明直接关涉纸张，那便是"入潢"之法。此法一如他的其他发明创造，简便易得，价廉效验，皆能立办：就是将纸用黄檗汁浸染一过，便得到了能够防护蠹鱼蛀蚀的黄色麻纸，顿时将纸张的实用性大幅度提高。染黄的路数，令人不能不联想到他的黄疸试纸法，而以黄檗作原料，无疑极富医学色彩的慧眼。

　　翻检时珍大爷的书，黄檗条下，主治栏内，杀蛀虫的确赫然在目，只是并不出自《肘后方》，想来葛神仙没有将蠹鱼祸害纸张列入医学领域，只有陈藏器这样博极群书搜罗幽隐的有心人，才将其揽入医书。需要说明的是，《广韵》和《集韵》引述汉末刘熙的《释名》，已将潢解释为染书和染纸，那么这种工艺或许起源更早于葛神仙亦未可知。

　　遭到神仙眷顾的黄檗，时常又被写作黄柏，二者貌似相等，但时珍大爷却说，俗作黄柏者，省写之谬也。也就是说，黄柏之柏原是贪图省力的俗白误写，就正本清源立论，黄檗才是本尊。

作为处处有之的植物，黄檗对土壤具有颇为强大的适应性，但作为药材树种，过度的采伐已经令它成为渐危品种。按照前贤的描述，黄檗树高数丈，叶似吴茱萸，亦如紫椿，经冬不凋。皮外白，里深黄色。其根结块，如松下茯苓。黄檗入药，主在树皮。不过时珍大爷提到，本经言檗木及根，不言檗皮，岂古时木与皮通用乎？陶弘景也指出，檗木的根于道家入木芝品，而后人则不知取服。看来就部位而言，皮的主用，本经时代并未显豁，而根的滋养意义，后世则有所遗落。时珍大爷的书中将根单列，并收录前贤记载的诸项主治：心腹百病，安魂魄，不饥渴，久服轻身延年通神，以及长生神仙去万病，果然颇有仙气。

黄檗的气味，苦寒而无毒，这样的归纳，顿时令人潢辟蠹的意义悬疑起来，只好以为蠹鱼是被号称甚苦的气味逼退的。其实，黄檗所属的芸香科植物，富含多种生物碱，因而多数是民间草药，少数属中药。譬如叶子与黄檗仿佛的吴茱萸，所含吴萸碱便对动物的宫缩有特殊的活性作用。依据药理分析，黄檗所含的生物碱，不但对孑孓和家蝇有杀灭作用，甚至对小鼠的中枢神经也有抑制作用。有此犀利，对付蠹鱼，自然是小case了。

论到黄檗的主治，实在繁多，罗列起来，大有文抄的嫌疑，好在前贤早有明晰扼要的归纳：黄檗之用有六：泻膀胱龙火，一也；利小便结，二也；除下焦湿肿，三也；痢疾先见血，四也；脐中痛，五也；补肾不足，壮骨髓，六也。凡肾水膀胱不足，诸痿厥脚膝无力，于黄芪汤中加用，使两足膝中气力涌出，痿软即便去也，乃瘫痪必用之药。蜜炒研末，治口疮如神。

追究起来，百病之中，原本难分轻重高下，不过就前贤罗列的诸项而言，补肾不足壮骨髓，似乎更加引人留意注目。前贤说，黄芩栀子入肺，黄连入心，黄檗入肾，燥湿所归，各从其类也。如此则黄檗与肾的关涉果然深厚。而从人体的大局论，口疮的为害也当然远逊瘫痪。诚然，看似寻常的小便，无疑事关于肾，因而也无疑不是寻常。

元朝真定名医李杲，号东垣，人称神医。这位李神医便缕述了一桩与小便有关的医案：长安王善夫病小便不通，渐成中满，腹坚如石，脚腿裂破出水，双睛凸出，饮食不下，痛苦不可名状，治满利小便渗泄之药服遍矣。予诊之曰：此乃奉养太过，膏粱积热，损伤肾水，致膀胱久而干涸，小便不化，火又逆上，而为呕哕，《难经》所谓关则不得小便，格则吐逆者。洁古老人言：热在下焦，但治下焦，其病必愈。遂处以北方寒水所化大苦寒之药，黄檗、知母各一两，酒洗焙碾，入桂一钱为引，熟水丸如芡子大，每服二百丸，沸汤下。少时如刀刺前阴火烧之状，溺如瀑泉涌出，床下成流，顾盼之间，肿胀消散。

所谓奉养太过，正是富贵之人的通病，膏粱虽然可口，过度便是祸根。洁古老人便是金代名医张元素。元素字洁古，举进士不第，去而学医，果然应了不为良相则为良医的古训。李东垣师法张元素，因而必引洁古老人之论为据。最妙的是药下之后病除的写真原生态，颇富八卦韵致，尿如瀑布泉涌，床下成流，足见忍俊不禁，堪称痛快淋漓，而顾盼之间，肿胀消散，虽然不乏神乎其技的夸大，但病痛顿失之际，不由自主的顾盼之爽，却也颇为传神。

本医案当是东垣神医的得意之作，对于这番药到病除的景象，他不无自得地作了一番药理阐释，果然提纲挈领：《内经》云：热者寒之。肾恶燥，急食辛也润之。以黄檗之苦寒泻热补水润燥为君，知母之苦寒泻肾火为佐，肉桂辛热为使，寒因热用也。

李东垣运用神妙的黄檗和知母，绝非信手拈来，而是大有深意存焉。时珍大爷对此有精辟生动的论述：古书言知母佐黄檗，滋阴降火，有金水相生之义。黄檗无知母，犹水母之无虾也。盖黄檗能制膀胱、命门阴中之火，知母能清肺金，滋肾水之化源。故洁古、东垣、丹溪皆以为滋阴降火要药，上古所未言也。盖气为阳，血为阴。邪火煎熬，则阴血渐涸，故阴虚火动之病须之。如此看来，就滋阴降火的要紧case而言，知母堪称黄檗的金牌拍档。

饶如此，这对拍档也并非随便用得，乃至相当有禁忌。为此大爷提醒道：然必少壮气盛能食者，用之相宜。若中气不足而邪火炽甚者，久服则有寒中之变。近时虚损及纵欲求嗣之人，用补阴药往往以此二味为君，日日服饵。降令太过，脾胃受伤，真阳暗损，精气不暖，致生他病。盖不知此物苦寒而滑渗，且苦味久服，有反从火化之害。故叶氏《医学统旨》有"四物加知母黄檗，久服伤胃，不能生阴"之戒。

　　原来虚损和纵欲之人乃是不分年代的通行征候，日日服饵的恶补陋习也是其来有自，只是此物寒中有变，不是谁肾透支了都可以轻作尝试的。大爷这番话真的是种植福田的积善警醒，惟愿斯人而有斯疾者，抄来书之座右床头，黾勉谨记，黄檗苦口，不要辜负大爷玉壶中的一片冰雪婆心也。

雌雄

　　惠施做了梁国的相，老朋友庄周听说了便去拜访。有人对惠施讲，庄周来是想取代阁下。惠施信了这话，派人搜城三天三夜。庄周去见了惠施，对他说了一番话，其中一段相当著名：南方有鸟，其名为鹓鶵，子知之乎？夫鹓鶵，发于南海而飞于北海，非梧桐不止，非练实不食，非醴泉不饮。

　　鹓鶵是传说中鸾凤一类的鸟，只在梧桐上落脚，只吃练实果腹，只喝醴泉解渴。作为传说中神一样的飞禽，鹓鶵的行径其实暗示不同寻常的高贵品质，庄周也正是以此自况。分析起来，鹓鶵以及凤凰的专拣梧桐栖止，大约根源于梧桐的乔木属性，时珍大爷说它无节直生，理细而性密。惟其如此，它果然是拥有2000年以上栽培史的观赏树。醴是甜酒，醴泉就是甘甜的泉水。甘洌的泉水一直是人类追逐的饮料，其实好酒的一个重要材质也正是好水。

　　所谓练实，注家以为是竹实。生物学严肃指出，竹子很少开花结籽，开花其实是竹子衰败的征候，一些竹类甚至在开花之后枯死，成片的竹林同时开花死掉，也被视为生态异常乃至地质灾害的前兆。竹子归属禾本科，因而竹实的形貌与它的同门兄弟小麦仿佛，前贤说它可为饭食，但无气味而涩，江浙人号为竹米，以为荒年之兆，其竹即死，必非鸾凤所食者。这是冷静的学理判断。但典籍所言，总要有个着落，于是前贤们又不辞辛苦地将一种大如鸡卵貌似肉脔的竹生物作解。只是这种生于苦竹枝上的竹实却有大毒，需要深加工后方能茹食，加工不当，则戟人喉出血，手爪尽脱也。如此烈性，简直是毒药，如何作得吃食？

诚然，鹓鶵以及鸾凤原是神鸟，或许天赋了不惧毒杀的禀赋，只是抛开天下那么多珍奇，专挑毒物作食，于情理上又缺乏依据。须知，鹓鶵所归属的凤凰，按照大爷的陈述，羽虫三百六十，凤为之长，翱翔四海，天下有道则见。这样的神物，自当有与其匹配的食谱，正如前贤所云，鸾凤所食，非常物也。竹子开花后结的籽实的确不是寻常之物，但却是凶荒之年的征兆，鹓鶵或曰鸾凤如果真的偏偏以此为食，不免辜负了它瑞鸟的巨大名声，所谓有凤来仪又如何担任祥瑞的符号呢？大爷也注意到，有凤处未必有竹，有竹处未必有凤。因而，竹实理当排除在鹓鶵乃至鸾凤的食谱之外。于是练实只能作他解。

他解几乎是现成的。大爷的书中便着意提到，苦楝的果实也即楝实，元代王祯所著《农书》上便有鹓鶵食其实的记载。段玉裁为《说文》作注，也提到有人以为练实就是楝实。但他认为楝实并非珍物，看起来不像是正解。

从声韵上讲，练实其实正可以是楝实。作为高大的乔木，楝与梧桐身量比肩，也就是说，栖止于梧桐的鹓鶵去啄食楝的果实十分方便。前贤描述说，楝木高丈余，叶密如槐而长。三四月开花，红紫色，芬香满庭。实如弹丸，生青熟黄，正如圆枣。大爷引据字书的解释，以为楝叶可以练物，故谓之楝。这样说来，楝正来自练，楝实担任练实简直天经地义。

楝喜温暖湿润气候，不耐庇荫，却也忍得寒冷；在肥沃的土壤中生长良好，但也受得干旱贫瘠；于是前贤归纳说它处处有之。鲜艳的花朵气味芬芳，结出的果实宛如小铃，成熟之后色呈金黄，于是得名金铃子。高大芬香金黄，分布广泛，如此品质，担任鹓鶵的唯一指定食品，大约是并无愧色的。

其实，梧桐的果实，大如胡椒，肥而可食，味如菱芡，鸟和人类都喜欢吃它，大爷因而说，古称凤凰非梧桐不栖，岂亦食其实乎？这样的思路其实颇有道理，如果再从文理上讲，非梧桐不止和非练实不食两句，也不妨互文见义，就是说，鹓鶵或者鸾凤，栖止于梧桐和楝木，啄食梧桐子和楝实。前贤强调楝实并非珍物，但凤凰栖止的梧桐既然和楝木一样同属乔木且处处有之，它又凭借怎样的资格而俨然承担鸾凤的落脚点呢？倒是梧桐楝木两造不分彼此并作一处，于情于理貌似都有了妥帖安置。

不过，比起竹实的无气味而涩，楝实的气味苦寒，并且有小毒，仿佛与苦竹枝上大如鸡卵貌似肉裔的那种竹实有所呼应。好在苦本位居五味，足以令人口爽，楝实尽管在口感上不及梧桐子，却也差强入得食谱，至于鹓鶵乃至鸾凤吃下去有何委屈，就不得而知了。

作为药材,楝实主治温疾伤寒,大热烦狂,杀三虫,疥疡,利小便水道。主失心躁闷,入心及小肠,止上下部腹痛。泻膀胱,治诸疝虫痔。前贤指出,热厥暴痛,非此不能除。看来楝实在某种意义上,具备不可替代的卓异疗效。大爷分析说,楝实导小肠、膀胱之热,因引心包相火下行,故心腹痛及疝气为要药。

就民间口碑而言,楝的根皮其实是更其著名的药材,内服乃驱除蛔虫的良药,外用涂抹风疹恶疮癣疥则甚为有效。洪迈的《夷坚志》里甚至记载用其治疗消渴:苦楝根白皮一握切焙,入麝香少许,水二碗,煎至一碗,空心饮之,虽困顿不妨。下虫如蛔而红色,其渴自止。消渴有虫,人所不知。

传统医学的所谓消渴,一般以为相当于西洋医学的糖尿病,以及尿崩症,尚未闻与虫有何关涉。不过既然服药之后,下虫如蛔,或许原本正是蛔虫作祟也未可知。至于其渴自止,只好归之于其渴未必消渴,毕竟多饮不是消渴独揽的症候。这自然只是孤陋的揣测,病症如果全如教科书般整齐判然,便根本不会有疑难杂症存活的空间了。

既然足以杀虫乃至外治疮癣,楝的根皮自然禀赋毒性,但大爷书中确认的却只是微毒。这却需要提起注意。苏恭指出,楝有雌雄两种,雄者无子,根赤有毒,服之使人吐,不能止,时有至死者;雌者有子,根白微毒。入药当用雌者。所谓雌雄,或许如香椿臭椿菜椿,有科属上的差异,不料其间却有生死攸关的天壤跳差。好在有子无子,根赤根白,算得上泾渭分明,不难辨识,只是药行里拣选时,不可马虎之外,更须有良心，所谓修合无人见，存心有天知，倘若雌雄莫辨，真的是贻害无穷。

冲墙倒壁

辨证论治一向被视为传统医学的特色，是较之对症和辨病论治更高的境界。无奈行医之人，对症和辨病已属难能，更遑论辨证。况且既云境界，辨证便并非寻常人所能企及，不但庸医，甚至所谓名医国手，也未必做得到，譬如鲁迅先生的父亲，便是被这样的人耽误的。

金元四大家之一的朱丹溪，曾批评宋代官家颁布的《和剂局方》以及宋元之际一味崇奉《局方》的流弊，以为《局方》忽视辨证，一切认为寒冷，而滥用温热香燥药物，并声讨一方通治诸病的危害。

《局方》便是《和剂局方》，宋代官修的方书，由专司民间医药的惠民局汇集秘方名方验方，拟定制剂规范，用意在于可以据证验方，即方用药，而不必求医，不必修制，只要用现成丸散，病痛便可安痊。所以，自北宋末至元代二百年间，官府守之以为法，医门传之以为业，病者恃之以立命，世人习之以成俗，民间应用相当广泛。该书收录名方甚多，至宝丹、牛黄清心丸、藿香正气散、妇科逍遥丸，至今依然是罗列药铺的看家药。只是这种按图索骥的法子，虽然的确方便，却也难免胶柱鼓瑟，所谓集前人已效之方，应今人无限之病，以不变之方，应对万变之病，失于辨证，为害不浅，无怪丹溪先生批判也。他老人家主张临病制方，反对不问病由据证验方的因循风气，只是如此风气似乎至今犹存，甚至于今为烈。

说到辨证，丹溪先生便有经典的case。在前科技时代，生孩子号称到鬼门关里兜一圈，虽然传宗接代被视为人生必需的重大事件，但孕妇却也因事涉凶险而向来归入高危角色。方书中记载，湖阳公主担心难产，有方士进献瘦胎散药方，用枳壳四两，甘草二两，为末。每服一钱，白汤点服。自五月后一日一服，到临盆时，不仅生产顺利，而且寻常多见的胎中恶病，也全都没有了。

丹溪先生的妹子也担心难产，但丹溪先生却没有据证用方。他以为，难产多见于郁闷安逸之人，富贵奉养之家。这瘦胎散原是为湖阳公主而作，用到妹子身上却未必合适。妹子形肥而好坐，与公主的征候正属相反。公主是奉养之人，其气必实，所以要耗其气使平则易产。妹子的情状则是，形肥则气虚，久坐则气不运，正当补气才是。于是以紫苏饮加补气药，十数帖服下，果然顺产。

瘦胎散中用到的枳壳，便是所谓橘逾淮而北为枳的枳树果实。前贤云，枳实枳壳一物也。小则其性酷而速，大则其性详而缓。时珍大爷则说，枳乃木名，实乃其子，故曰枳实。后人因小者性速，又呼老者为枳壳。生则皮厚而实，熟则壳薄而虚，正如青橘皮、陈橘皮之义。宋人复出枳壳一条，非矣。

作为芸香科植物，枳是本土独有的单种属，柑橘则是它的并肩兄弟。芸香科植物含有多种生物碱，所以本土产种民间多采为草药，若干品种则登堂入室成为正宗的中药，陈皮和枳实便是例证。至于橘枳之辨，陈藏器确认，旧云江南为橘，江北为枳。今江南枳橘俱有，江北有枳无橘。此自别种，非关变易也。不过，辞书上说，广义的柑橘也包括枳属植物，足见这两造的夹缠不清，自是颇有渊源。

　　前贤描述枳：木如橘而小，高五七尺。叶如橙，多刺。春生白花，至秋成实。七月八月采者为实，九月十月采者为壳。而医家以皮厚而小者为枳实，完大者为枳壳，皆陈久者为胜。白居易有诗描摹美人种橘云，实成乃是枳，臭苦不堪食。不堪食用，却也不妨入口为药，这该是古人令人抚掌叹服的奇异思辨。不过，另一位诗人朱庆余，却有就枳壳食用的别样看法：方物就中名最远，只应愈疾味偏佳。若教尽乞人人与，采尽商山枳壳花。所谓只应愈疾味偏佳，正是对臭苦说法的颠覆，看来枳的果实滋味，也未可一概而论。而方物名最远云云，说明作为一款药材，枳的果实早已成为著名土产。至于采尽商山，则是作为道地药材，最正宗的枳壳，正出自商州川谷。枳的果实虽然有臭苦名声，但其春天所生的白花，则遭到一致的称道，明朝人作诗咏叹枳壳花道：蓓蕾枝头春意长，卧看蜂蝶往来忙。不知今日开多少，薰得先生枕席香。能够吸引蜂蝶的花，香气无疑可以袭人。花谱上也说，该花细而香，闻之破郁结，所以枳乃是那时楼堂馆所篱旁常常种植的花木，并且屡屡被文人骚客写来入诗：村园门巷多相似，处处春风枳壳花（雍陶）；傍篱丛枳寒犹绿，绕舍流泉夜有声（陆游）；枳花明驿墙（温庭筠）；枫叶殷红枳实肥（王逢）。

枳实的主治，大抵除寒热结，长肌肉，利五脏，除胸胁痰癖，心下急痞痛逆气，逐停水，破积坚，散败血，消胀满，安胃气，止溏泄，消食，明目。枳壳与它大同小异，甚至并不入药的花，也如前引被花谱归结为破郁结。丹溪先生以为枳实乃能冲墙倒壁，滑窍破气之药，这就无怪他于难产不肯轻用。前贤也以为，枳壳破气，胜湿化痰，泄肺走大肠，多用损胸中至高之气，止可二三服而己。

时珍大爷论述曰：枳实枳壳气味功用俱同，上世亦无分别。魏晋以来，始分实壳之用。洁古张氏、东垣李氏又分治高治下之说。大抵其功皆能利气。气下则痰喘止，气行则痞胀消，气通则痛刺止，气利则后重除。故以枳壳利胸膈，枳实利肠胃。然张仲景治胸痹痞满，以枳实为要药；诸方治下血痔痢、大肠秘塞、里急后重，又以枳壳为通用。则枳实不独治下，而壳不独治高也。则二物分之可也，不分亦无伤。

对著名的瘦胎散，大爷也主张辨证，胎前气盛壅滞者宜用之，所谓八九月胎必用枳壳、苏梗以顺气，胎前无滞，则产后无虚也。若气禀弱者，即大非所宜矣。证之湖阳公主与丹溪妹子，大爷此话果然。

便便

　　杨某人得了种怪病，说话的时候，肚子里就有个东西小声学舌。几年下来，学舌的声音越发大了。某天遇见一位道士，告诉杨某："这是应声虫，总不治，会传给老婆孩子。你找来《本草》，逐样读下去，遇到这虫子不应声的，就吃下那种药。"杨某谢了道士，回到家中，取出《本草》，逐个读去，读到雷丸的时候，学舌的声音忽然不响了，于是马上吃下数粒，怪病果然好了。

　　说起来，这法子虽然药到病除，却也颇不容易。就时珍大爷的著作而言，雷丸条乃在第三十七卷，想来杨某人当时读得蛮辛苦的，口干舌燥许多时后，方才觅得，不说是踏破铁鞋，也磨破许多嘴皮。最有趣的是那应声的虫子，跟着学舌，仿佛顽劣小儿调皮，训教不改。不能说虫子便没有智慧，可种种药名读下来，开初不知是套也就罢了，连篇累卷念了那么多味，总该有所警醒了，想来不是没头脑，便是调皮过了头，非等到大限临头，才知道噤口，终究着了道。

　　雷丸的名字听起来略略有些陌生，大爷的书里，该条归属寓木类，也就是附着寄生于竹木的种种。大爷解释说，该丸乃霹雳击物精气所化，生长土中，没有苗叶，却能杀虫逐邪，宛如雷的弹丸。这样的解释，使得该丸的出身，一如梁山好汉，杀人越货，却上应天象，星宿下凡，颇有替天行道的底气。

乱巧的是，该丸也和好汉们一般，有些诨名，譬如雷矢、竹苓之类。这样的名头，顿时令人泄气，不是耍子，须与好汉们构成了天壤一般的落差。所谓雷矢，其实便是雷屎，和所谓精气云尔大相径庭。而竹苓，虽然被大爷解释为竹之余气所结，然古者屎苓通用，苓亦屎也，依然逃不脱便便的宿命。

至于该丸的形貌，大爷指出：雷丸大小如栗，状如猪苓而圆，皮黑肉白，甚坚实。虽然还是屎苓一路，但好歹如栗便有了可以下嘴的机缘，皮黑肉白却有些纠结，是黑旋风那样的黑漆焦炭也似，或者只是外面套了件皂布直裰，扯开直裰，里面却是浪里白条那样雪练也似的精肉？虽然都是汉子，帅哥原是娇滴滴可人疼的。

痛心的是，不论黑炭还是白条，都背负贼寇的红字。说到底，该丸其实是竹子病变的祸根，但凡枝叶枯黄的病竹，根部都有它的身影。大爷将它归类寄生果然得当，只是余气所结云云，不免令人狐疑，辨不清这余气是喜气还是晦气，是造福还是作祟。用生物学的解释来说，该丸乃多孔菌科植物雷丸菌的菌核，干燥的菌核为球形或不规则的圆块状，大小不等。这样的定义直白晓畅，却干巴巴少了许多情趣，哪及得祖国传统医学的描摹生动盎然，黑汉白条甚至便便，散发浓郁的烟火气息，极富人间亲和力。一向说道在屎溺中，该丸正着此道。

时珍大爷的名著，终究是堂皇的医书，所以笔记里小虫嘤嘤学舌的志怪故事，只被大爷作为延伸阅读的材料，聊备解颐。不过，该丸主治栏下，首选果然正是杀三虫。三虫是人体寄生虫的古籍称谓，王充在《论衡》中就着意提到人腹中有三虫，并且三虫食肠，想来笔记中应声连连的调皮桥段，未必是空穴来风。

在杀虫项下，特别提示，该丸足以打理白虫寸白自出不止。所谓寸白之虫，乃是本土医书的写实，也就是节节不休轻易根除不尽的绦虫。绦虫乃是传统医学典籍中最早记载的人体寄生虫之一。作为声名卓著的本生虫豸，它生活于小肠，人是其惟一的终极宿主。绦虫在本土享有盛名，源于猪圈的结构设置。在密集饲养引入本土很久很久之前，猪的出栏是以年为结算单位的，作为肉食的主要来源，年关才是它们的末日，而非当下不到两个月就痛遭屠宰——人类对引为朋友的畜生，交情日见短浅了。

在绿色饲养的理念倡导下，祖宗们为这些年友设计的居所，是和排泄大小便的茅房浑然一体的，学名叫作连茅圈。连茅圈起码在汉代就有了样板，这有汉俑作证。而表示厕所的溷字，表征的正是猪在圈中。茅圈设计的本意，在于物尽其用，人便成为猪食，猪肉再变为人食，缔造出以人为本的食物链条。链条既然如此完美，就难保旁观者觊觎，譬如细小柔弱如绦虫，便来搭顺风便车，于是，伴随连茅圈在祖国大地的广泛应用，猪吃人屎，人吃猪肉，该虫于是得以徘徊于猪肉人肠之间，循环往复，生生不已。而绦虫原本是个不安分的东西，虽然不会嘤嘤学舌，却也不失顽劣，喜欢游走穿行于人体脏腑之间，甚至可以周游思维中枢的脑海，为害绝非虫积腹痛那么简单，是个不能掉以轻心的歹毒之虫。

好在有雷丸救急。不过，该丸之驱灭绦虫，并非对付应声虫吃下数粒那样简单，而是需要水浸去皮，切焙为末，五更时分，先吃下少许烤肉，然后羹匙挖取一钱药末，稀粥送下。用药的日子也随便不得，必须在上半月服下，方能杀下虫来。

西洋医学验证，驱灭绦虫的主要成分，是一种叫作雷丸素的蛋白酶。服用雷丸后打下的虫体，细节部被破坏的程度最为显著，由此可知，雷丸对绦虫的驱灭，并非蒙汗药那样将虫麻翻的路数，而是蛋白酶对蛋白质的分解，一如海公公将尸首化为脓血的秘药，只是该丸是活生生地将肉体分解，远比尸首变脓血来得更其残酷，自然也更具震撼效果。

应声虫的典故，有人或许不信，譬如宋朝的陈某，可后来偏偏看到一个乞丐，竟然也是如此，大街之上，引来不少围观。陈某好心，告诉他雷丸可以了此怪病，不料乞丐却说：叫花子穷鬼一个，没啥本事，还能有饭吃有衣穿，正是仰仗它啊。

叫花子庆幸肚皮里有虫，道理一如焦大不爱林妹妹，这世界原是有比男女之情更要紧的事情滴。

后记

说来惭愧，这是我的第二本中药集子，距离第一本《中药铺子》的出版，已经过去十个年头了。

本书的缘起，来自一次饭局。席间初次相识的孙珺小姐约我为《广州日报》开个专栏。专栏的题材，最后确定还是写中药。这一则是南粤之人注重养生，中药总会是个兴趣话头，再则就是我毕竟写过中药，而且也是在广州的媒体上，貌似得到了读者的认可。说起来，我的写作，似乎和广州颇有缘分，从时间线上排列，《南方周末》《南方都市报》《随笔》《看世界》《南方人物周刊》，再加上南方日报出版社和花城出版社，诸家媒体的确是我的福地。

专栏定名为《我爱本草》，自是因应中药，也是自家的心态写照。专栏的编辑，孙珺之后，又有吴红林、郭原毓和吕云诸君。这似乎也是我在诸福地媒体的常态，由此也可以有机会与未曾谋面的人成为朋友。

去年林贤治先生联系我，于是本专栏的文字，得以结集，有幸成为文丛系列中的一分子，书名仍沿用专栏。遵照策划者植物主题之意，本书只收入草部、谷部、菜部、果部、木部诸篇。传统医学的药学典籍，向称本草，本书之名正是《我爱本草》，如此看来，这样一本草木状主题的本草读本，倒是十分切题了。

我写中药，就是为了有趣，一如写水果虫子乃至神仙，这些主题就是有趣的一个由头。所谓有趣，在于写的有趣和读的有趣。其实写的有趣，原本正是为了读的有趣。鉴于并非医学的出身，我写中药的素材，很大部分来自本家大爷李时珍的名著《本草纲目》，当然，也必然相关放射到一些传统医学以及现代医学的内容。行文所及，难免甚至许多涉及药材药效乃至药方，作为以中药为主题的书，当是在所难免，甚至可以说是题中应有之义。只是那不过是有趣出发的佐料而已，绝非抓药治病的指南。类似的情况还有写曼陀罗花时提到的蒙汗药，不过由麻药而及小说笔记中那些吊诡的桥段，依然是意在有趣而已。凡药皆有毒性，而麻药又事涉凶险，尤不可以身试之。皇天后土，惟此惟此，切切切切，勿谓言之不预也。

以下是我的感谢。

林贤治先生是我极敬重的前辈，此前承他不弃，拙作得入法眼而发表，心中一直是感念的，而林先生却说是我支持过他，这令我实在惶愧莫名。

林先生提到，此系列是受花城出版社张懿副总编辑的委托而编，依稀记得许多年前和她通过话，不揣冒昧，我以为这也是一个缘分吧。

本书的责任编辑邹蔚昀小姐、林菁小姐，对本书提供了十分具体而细致的帮助，也听了我许多絮聒。

本书之所以成为本书，以上提及的，都为其传播成型，提供了真切而重要的帮助，在此表示真挚的谢忱。

先父和家母出身生物专业，耳提面命，亲炙教诲，必须深切感念。

本书插图，得蒙曲展兄慨然相助，破解难题，为此真诚表示感谢。

以下是其他给予我帮助的朋友们，于此一揽子鸣谢。鉴于并非官方文件，排列依然不按姓氏笔画为序：

黄集伟，王磊，马勇，季红真，范力今，张立宪，杨葵，秦颖，邹靖华，麦婵，汪惠仁，解玺璋，穆涛，田松，刘华杰，李颖明，刘丽华，牛志强，张晓强，张小颐，拉家渡，止庵，车前子，王亚琴，李静，费虹寰，李焱，刘淑丽，王元涛，齐晓鸽，彭伦，岳卫华，丁杨，陶澜，戴昕，遆宇昕，詹那达，萧恩明，贾海燕，庄秋水，郝宏丽，冯威，王洪波，孙小宁，孙瑞岑，雷淑容，赵允芳，洛艺嘉，刘春，许庆亮，戴新伟，王稼句，潘海波，潘海涛，赵冰，赵伏，黄莺，陈远，冷杉，洁尘，朱绛，任羽中，曹雪萍，孟凡，王倩，李霞，黄玉雯，蔡婷，胡黎君，叶小荣，周化铁，朱璐，覃莉，贾梦玮，周东江，迟凤桐，朱航满，黄金山，李建新，李瑛，吕海香，马帅，傅全联，刘荣，王玮，赵晖，魏晓霞，赵润琴，宋晓贤，周山丹，廖欣，刘彤，李黎东，马燕，施雨华，王国华，刘旭涛，龙华，刘伟，刘兰，王雪霞，紫嫣，侯岩，杨小波，庞晓栋，杜晓英，许泽红，李红，李梦吟……

半夏识于丁酉年夏，定稿于岁末